藍染袴お匙帖

色なき風

藤原緋沙子

双葉文庫

目次

色なき風

藍染袴お匙帖

第一話　約束

一

神田川沿《かんだがわ》いの河岸地《かしち》に近頃店を出した『吾妻屋《あづまや》』は、江戸随一《ずいいち》のしるこ屋だという評判だ。

店の前には何時《いつ》だって順番待ちのお客がいるのだという噂だが、今日は外で待っているお客の姿は一人もいなかった。

桂千鶴《かつらちづる》の往診の供をして、治療の箱を下げて付き従っていたお道《みち》は、吾妻屋の表の前ではたと立ち止まった。

「先生、たまにはいいのでは？」

千鶴に笑みを含んだ目を送ると、次には吾妻屋の軒看板《のきかんばん》に視線を流した。

吾妻屋の店の表は、真っ白い障子戸《しょうじど》に、裂いた竹を丸窓のように組んだしゃれた造りで、その佇《たたず》まいを見ただけでも、他とは違うしるこ屋だと感じる。

千鶴も立ち止まって、店の表に視線を向けた。

千鶴は内科も外科も手がけるシーボルトに師事した医師で、御府内《ごふない》でも珍しい女の医者だ。

父親の桂東湖《とうこ》が残してくれた藍染橋側《あいぞめばしそば》の治療院を引き継いで、今や同業者も無視できない存在となっている。

そしてお道は、日本橋《にほんばし》の呉服問屋《ごふくどんや》の娘で何不自由なく育った者だが、何を思ったか医師の道を目指したいと、一念発起《いちねんほっき》して千鶴の弟子になった変わり種だ。

若い女二人の治療院は大はやりで、今や体が幾《いく》つあっても足りないくらい忙しい。

午前中は治療院で診察をし、午後は往診とめまぐるしく、道中で食事を楽しんだり見物したりという暇《ひま》はない。

とはいえ二人は、まだ結婚もしたことのない、うら若い娘である。

「そうね、お竹《たけ》さんには悪いけど……」

千鶴の心も動いたようだ。治療院で留守番をしている女中のお竹の顔が、ちらと脳裏《のうり》を掠《かす》めたものの、久しぶりに道草をしてみようという気になったのだった。

今日往診した患者が、ことのほか経過が良かったことも、医師としての気持ちを軽くしていた。

「お竹さんには、おしるこ玉を買って帰りましょう」

千鶴は言った。

「やったぁ！」

お道は嬉しそうに胸を叩いた。

二人は、吾妻屋の格子戸《こうしど》を開けて店の中に入った。

この吾妻屋のしるこは、白砂糖で炊《た》いた上品な味のこしあんに、文銭《もんせん》ほどの白い餅《もち》が二個入っている。それだけでも女たちの気持ちをそそるが、他の店と違うのは、しるこの椀《わん》とは別に、おちょこのような器《うつわ》が一緒に出てくることだ。これには紫蘇《しそ》の実の塩漬けが入っていて、甘いしるこを食べたあとの口直しに絶品だと評判なのだ。

あまりにお客が多く押し寄せるものだから、近頃では、しるこ玉の持ち帰りも出来るらしく、千鶴が先ほど言ったのはその事だったのだ。

「先生、あそこ……」

お道は弾《はず》んだ声で言い、神田川の風情《ふぜい》が楽しめる窓際に席を取った。

「もうすっかり夏ね、でもここに座ると涼しい」

お道は言って、扇子《せんす》を取り出して襟首《えりくび》に風を入れる。

季節はすっかり夏に様変わりして、急いで歩けば汗をかく。

千鶴も扇子を取り出して風を襟元に入れながら、店の中を見渡した。

お客は五組入っていた。女連ればかりだが、男の二人連れがひと組見える。この二人、周りの女たちの雰囲気とは異質だった。

くつろいで談笑している女連れのお客とは違って、男二人は険《けわ》しい顔でお茶を飲んでいたからだ。ぴりぴりしたものが伝わって来た。

千鶴は視線を川に移した。その時だった。

「あっ、また鳴いた」

お道はにこりとして言った。何が鳴いたのかと千鶴が耳をそばだてると、

「キョキョ、キョキョキョキョキョ……キョキョ、キョキョキョキョ」

どこからともなくホトトギスの鳴く声が聞こえてきた。

「ホトトギスね……」

千鶴も微笑《ほほえ》んで耳を澄ます。すると、お道が突然、

「五月山《さつきやま》、こずえをたかみ、ホトトギス、鳴く音《ね》空なる恋もするかな……」

うっとりとした顔で口ずさんでみせる。

「紀貫之《きのつらゆき》の歌ね……お道っちゃん、まさか誰かに恋しているってこと……」

千鶴はからかい半分、驚いた顔で訊《き》いた。

「先生、こんなに忙しい毎日を送っていて、恋する機会なんてありませんよ。私だって乙女なんですから、切ない恋をしてみたいって思うことは許されるでしょ……でも先生は」

お道は、意味ありげににやりと笑って、

「求馬《きゆうま》様がいらっしゃるものね。羨《うらや》ましい。ねえねえ、もう江戸を発《た》って三ヶ月近くになるでしょ。どうしていらっしゃるのかしら」

千鶴の顔を覗《のぞ》く。

求馬とは、以前は無役だった家禄二百石の菊池《きくち》求馬のことだ。米沢町《よねざわちょう》の拝領屋敷で、母の松野《まつの》と下男の佐平《さへい》との三人で暮らしていたが、千鶴の亡くなった父の友人である医者酔楽《すいらく》と懇意《こんい》の元大目付《おおめつけ》、下妻大和守《しもつまやまとのかみ》の推挙《すいきょ》や、小野派一刀流《おのはいっとうりゅう》の腕を見込まれてか、大番組《おおばんぐみ》の加藤筑前守《かとうちくぜんのかみ》配下に抜擢《ばってき》された。

大番組とは、将軍直轄《ちょっかつ》の軍団で十二組ある。一組に番士は五十名、江戸城内の西の丸や二の丸の警備の他、上方在番《かみがたざいばん》という役目もあり、立身できると言われているお役目だ。

上方在番の役目は、十二組あるうちの二組が京の二条城《にじょうじょう》の警護を、そしてもう二組が大坂城の警備を行う。

父親の代から無役を託《かこ》つ求馬にしてみれば、一生無役で終わる者が多い中で、大抜擢されたと言ってもいい。

千鶴や酔楽など、求馬が人も羨む役に就《つ》いたことを祝って酒を酌《く》み交わしたが、それもつかの間、求馬は上方在番となって大坂に赴任《ふにん》した。

出立《しゅったつ》前には、千鶴に胸の内を告白し、千鶴も静かに求馬の帰りを待っているのだ。

忙しい日々の中でも、千鶴は一日も求馬を忘れたことはない。

日ごとに医者として、多くの人が認めてくれるほどの腕を持ちながらも、心の内には誰もが持つ恋心を密かに点《とも》し続けているのである。

お道は、そんな千鶴の心の内を覗いたような顔で、にこりと笑ったものだから、千鶴は慌《あわ》てて、

「お道っちゃん!」

きっと睨《にら》んだ。だがその時だった。

「ここじゃあなんだ、表に出ろ！」

男の客が怒声を上げた。

いっせいに女客たちが、二人に視線を送る。

怒りを露《あら》わにして一人の男が立ち上がった。遊び人のように見えるが、目鼻立ちの整った男である。

一方、立ち上がった男を弱々しい顔で見上げているのは、団子鼻《だんごっぱな》の気弱そうな男だが、こちらは苦労を知らないぼんぼんくずれといったところか。

そのぼんぼんくずれが、縋《すが》るような顔で遊び人風の男に言う。

「待ってくれよ、払わないって言ってる訳じゃあないだろ」

「いつまで待てというんだよ……表に出ろ！」

遊び人風の男は、ぼんぼんくずれの男の腕をひっつかむと、店の表に出て行った。間を置かず、

「わー！　止《や》めてくれよ！」

ぼんぼんくずれの男の悲鳴が聞こえてきた。

「先生……」

お道が不安な顔で千鶴を見る。

「おまちどおさま」

そこに店の娘がおしるこを運んで来たが、千鶴は見向きもせずに、すっくと立ち上がると、小走りに店の外に出た。

「すみません、すぐに戻ります」

お道も、店の娘に断りの言葉を投げると、千鶴のあとを追って外に出た。

千鶴とお道が外に出た時には、遊び人風の男がぼんぼんくずれの男の襟首を摑《つか》んで、ぎりぎりと締め上げているところだった。

ぼんぼんくずれの男の顔が、次第に苦しげになっていく。遊び人風の男は、その顔を眺《なが》めながら、

「借りたものは返す。俺の言っている事はまちがっているのか、おい」

容赦《ようしゃ》は無い。

「ううう……」

ぼんぼんくずれの男の鼻から、血があふれ出した。

「聞いているのか、おい！」

遊び人風の男が、ぼんぼんくずれの男の顔を拳骨《げんこつ》で殴った。

どさりという音と共に、ぼんぼんくずれの男は吹っ飛んだが、転がっていた大

きな丸太に右腕を打ち付けるように引っくり返った。

遊び人風の男は、ぼんぼんくずれに近づいて、またぐいと襟首を摑んだが、

「待ちなさい、腕を痛めていますよ。折れているかもしれません。今すぐに手当てをしないと酷《ひど》いことになりますよ」

千鶴は二人の男に近づいて言った。

「お前さんには関係ないことだ」

遊び人風の男は、千鶴に言い放つ。

「確かに関係はありませんが、この目でいま見たことを町奉行所に私が訴え出れば、あなたはタダではすみませんよ。人を傷つけたんですからね。人足寄場《にんそくよせば》に送られるのは間違いありませんよ。それでも良いのですか？」

ずいっと詰め寄る。

「ちっ」

遊び人風の男は、ぼんぼんくずれの首根っこから手を放した。だが、このまま千鶴の言葉に屈するものかと、

「貸した金を返してくれ、そう言っているだけだ。悪いのは、この男だ」

千鶴を睨んで言い、さらにぼんぼんくずれの男の顔を指さしながら、

「次は、親父さんに談判《だんぱん》することになるぜ。こっちも切羽詰《せっぱつ》まっているんだ。命がかかってるんだよ！」

物騒な捨て台詞《ぜりふ》を残して去って行った。ただその男の顔に哀しげな影が一瞬差したのを千鶴は見逃さなかった。

「ううう っ」

ぼんぼんくずれの男は、腕を押さえてしゃがみこんだ。

千鶴はその腕に手を伸ばす。

「痛！」

「ついてきなさい、私の治療院はすぐそこです。手当てをしないと」

千鶴は言った。だが、ぼんぼんくずれの男は、

「いえ、一文《いちもん》の金も持ってないんです」

よろりと立ち上がる。その時だった。背後から声が飛んできた。

「若先生、どうしたんです？」

振り向くと、五郎政《ごろまさ》がにこにこして近づいて来た。

五郎政は、根岸《ねぎし》で医者稼業《かぎょう》をしている酔楽の手足となって働いている男だ。元は両国《りょうごく》でごろつき紛《まが》いのことをして暮らしていたのだが、酔楽の家に寄宿

するうちに、家事いっさいはむろんのこと、近頃では治療の手伝いまでしている。今日は背中に風呂敷《ふろしき》包みを背負っている様子を見ると、薬草や食料の買い出しをして根岸に帰るところのようだ。

その五郎政が、ふと視線を向けたぼんぼんくずれの男の顔を見て驚いた。

「おやっ、お前さんは佐兵衛《さへえ》さんところの若旦那、力之助《りきのすけ》さんじゃねえか」

「あら、知っているんですか？」

千鶴が訊く。

「知っているも何も、親父さんは根岸の豪農の一人ですよ。親分が診察したこともありやすから、知らぬ仲ではございやせん」

五郎政が説明している間、力之助と呼ばれた男はばつが悪そうな顔で俯《うつむ》いている。

千鶴は五郎政に、力之助が負った傷の話を手短にした。

また今、手当てを勧めていたところだが、力之助は気が進まないようだと話した。

五郎政は、にやりと笑って、

「親父さんに知れるのが怖いんですね。また博打場《ばくちば》に出入りして借金をつくったんですね」

力之助の顔を覗く。

力之助は、はっと顔を向けると、

「五郎政さん、親父には言わないでおくれ、お願いだ」

五郎政に縋った。

「そんなことより手当てが先じゃありやせんか。そんな姿を親父さんに見せた日にゃあ、勘当《かんどう》ですぜ」

五郎政は兄貴のような口調で言う。

「その通りなんだ。金もないし、家にも帰れないんだ。それなのに、あの男は、親父に談判に行くと言うのだ」

力之助は泣き出した。

「わかった。手当てはうちの親分にしてもらえばいい」

五郎政は、力之助の肩に手を置いた。五郎政が言う親分とは、酔楽のことである。

「手当てをしたら、家まであっしが送ってやるよ。そして親父さんに一緒に謝《あやま》ってやるから……その代わり、もう二度と博打場には足を入れないと約束してもらわなけりゃあならないがね」

五郎政の言葉に、力之助は必死の顔で頷《うなず》いた。

「出来た出来た、いただきましょう」

お竹は、塗りの椀に入れたしるこを、銘々盆《めいめいぼん》に載せて運んで来て並べた。

吾妻屋の持ち帰り用のしるこ玉を、千鶴は三人分購入して帰って来たのだ。

なにしろあの騒動で、店の中に引き返して座った時には、すっかりしるこは冷えてしまっていたのである。

夕食までには一刻（二時間）ほど間がある。桂治療院の女三人は、甘い物は別《べつ》腹《ばら》だと、さっそくしるこを食べることにしたのであった。

お道は一口食べると、

「美味《おい》しい……やっぱりおしるこは温かくなくちゃ」

お竹も箸《はし》をつけて舌鼓《したつづみ》を打っていたが、ふっと、

「ところで五郎政さんだけど、力之助とかいうぼんぼんの父親に、うまく話をつけることが出来たのかしらね」

案じ顔を千鶴たちに向けた。

「大丈夫でしょ、酔楽先生にも相談している筈《はず》だから」

お道はそう言ったが、

「千鶴先生……」

突然、お椀と箸を下に置いた。

「もう、ああいうもめ事にかかわるのは止めて下さいね。私、あの時、先生にあの男が向かって来たら、どうなることかとひやひやしたんです。だって頼りになる求馬様がこのお江戸にはいらっしゃらないんですから、今後危ないことには近寄らないで下さい」

するとお竹も、

「私も同じ気持ちです。先生に万が一のことがあれば、この治療院はどうなります……大勢の患者さんは治療の機会を失ってしまいます。医者として、そんな無責任なことをしてはいけません」

母親のような口調で言う。

「分かりました、気を付けます。厄介事《やっかいごと》に手を出すことはいたしません」

笑みを交えて千鶴は誓《ちか》ってみせたが、しかしその脳裏には、力之助のことよりも、力之助に暴言を放ち、暴力もいとわなかった男のことが気になっていた。

──あの男は、根っからの遊び人ではない……。

と千鶴は見ていた。

あの男は、自分の今の暮らしに憤りを感じている。腹を立てているのではないかと思った。

疑問や不満や憂鬱《ゆううつ》を抱えていて、しかしそこから抜け出せない。それどころか下手《へた》をすれば命を狙われる。そんな暮らしをしているのではないかと推察した。

五郎政の言葉から、博打場暮らしをしているように思われたが、なぜそのような転落した暮らしになってしまったのか、千鶴は案ぜずにはいられない。

「あっ、そうだ。先生、相模堂《さがみどう》さんから御本《ごほん》が一冊届いていますからね。お部屋の文机《ふづくえ》の上に置いてありますから」

お竹は思い出して報告した。

「ありがとう、ようやく手に入ったのね」

千鶴は心が弾むのを隠しきれない。

近頃千鶴は、医学書を紐解《ひもと》く時間が以前より得られている。

医師としての仕事が減少することはなく多忙は多忙だったが、圭之助《けいのすけ》が五のつく日に治療院を手伝ってくれることになったからだ。

ゆとりが出来たとまでは言えないが、日がな一日緊張をし続けていた日常に、ひとときは息をつくことが出来るようになったのだ。

それに、圭之助は強力な協力者であった。また競い合って医療を論じる同志でもあった。互いに切磋琢磨《せっさたくま》して医療の向上を目指すという、医者としての心構えは一致するところが多かった。

だんだん桂治療院には、なくてはならない存在となって来ている。

このたび相模堂に頼んでいた本も、大坂の方に手を回せば入手出来るのではないかと助言してくれたのだった。

圭之助の言う通り、千鶴は欲しかった本を手に入れることが出来たのだ。

千鶴はひそかに、父の東湖が、この治療院を経営する一方、医学を志す人たちの塾も開いていたことを知っている。

千鶴が一人で治療院をやっていた時には、塾の話など考えた事もなかったが、圭之助が加わってくれたお陰で、圭之助と助け合えば開塾も出来るかもしれないと、ほのかな希望が芽生えている。

「先生、何を考えていらっしゃるんですか……駄目《だめ》ですよ。私とお竹さんとの約束、守って下さいね」

お道が、食べ終わったしるこ椀を盆に戻したその時に、玄関で声がした。

「誰かしら……」

お道が言いながら玄関に出て行くと、

「私は深川《ふかがわ》の油見世屋《あぶらみせや》『巴屋《ともえや》』の者でございますが、取り上げ婆のおとみさんの使いでまいりました」

深刻な顔で告げる。

「おとみさんの使いというと、お店のどなたかがお産なんですね」

おとみは、この桂治療院に腰痛で通って来ている、産婆《さんば》が生業《なりわい》の口うるさい婆さんのことだ。

「はい、おかみさんのおわかさんがお産で苦しんでおりまして、時々意識が薄れて、おとみ婆さんでは心許《こころもと》ない、千鶴先生を呼んで来て欲しいと……命が危ないと言うんです」

まだ十七か八の若い衆は、往診をお願いしたいと腰を折った。

油見世屋というのは燈火《とうか》に使う油を商《あきな》う店のことではない。髪油を商う店のことを言う。ただ近年は、鬢付油《びんつけあぶら》や伽羅《きやら》の油だけでなく、白粉《おしろい》や紅《べに》なども扱うようになっていて、小間物屋《こまものや》の要素も含まれている。

深川の巴屋といえば、京くだりの白粉や紅を販売していて、両国橋西袂《にしたもと》の米沢町に店を張る化粧品屋や本町《ほんちょう》二丁目の紅屋《べにや》と肩を並べる存在で、店の名前を聞けば知らぬ者は少ないだろう。

「巴屋の方がお産で命が危ない、そういうことですね。ただいま先生にお伝えしますので、お待ちを」

お道は居間に戻ろうと踵《きびす》を返すが、若い衆の声は居間に届いていたらしく、千鶴が出て来て、

「お道っちゃん、急いで支度《したく》を……念のため探頷器《たんがんき》（鉗子《かんし》）も用意して」

お道に往診の準備をするよう命じ、慌てて出て来たお竹には、

「今夜は帰れないかもしれません。明日の診察は圭之助さんに頼んで下さい」

そう言い置いて、お道と一緒に若い衆の案内で深川に向かった。

二

「千鶴先生、早く、早く……」

巴屋の奥の座敷に入るやいなや、おとみが千鶴を手招きした。

座敷には、若い女が仰向《あおむ》けに寝ていて、おとみがその女と相対するように座し、出産の行方《ゆくえ》を見守っている。

千鶴は枕元に座って、出産中の若い女の顔を見た。女の顔は血の気が引いて青白かった。

「おわかさんという方です。このお店のお嬢さんなんですが、婿《むこ》さんを貰《もら》ってお店を継いで、このたび初めての出産です。産気づいてもう二刻になります。一度頭が少し見えたように思ったのですが、力《りき》む力が弱くて、また見えなくなりました。このままでは母体が持ちそうにありません。あたし一人では手に負えないと思ったものですから……」

おとみは手短に千鶴に報告する。

「逆子《さかご》ではないのですね」

千鶴は念を押す。

「はい、問題は、おわかさんの体力です……もうずいぶんと消耗《しょうもう》しておりまして」

すると枕元で見守っていた女が、

「私は姉のはつです。どうか妹を、おわかをお助け下さいませ」

必死の顔で手をついた。

千鶴は頷くと、おわかの脈を診《み》、心の臓の鼓動《こどう》を聴く。

お道はお道で、医療の箱を開けて万端《ばんたん》用意をし、おわかの額《ひたい》に光っている汗を拭いてやる。

「ああ、おわか！」

姉のおはつが悲鳴のような声を上げた。

おわかの目が突然反転し、白目になっている。気を失いかけているのだ。

「お道っちゃん、気付けを」

千鶴の声に、お道はすぐに箱の中から、群青色《ぐんじょういろ》の小さな瓶《びん》を取り出した。

千鶴はその瓶の蓋《ふた》を取って、おわかの鼻元に当てた。

「う～ん」

小さなうなり声を上げて、おわかが気がついた。ぼんやりとした目で千鶴の顔を見る。

「しっかりしなさい。私は医師の千鶴といいます。いま、力のつく物を飲んでいただきますから……」

千鶴は、高麗人参《こうらいにんじん》を主にした滋養《じよう》の薬を、おわかの口に匙《さじ》で運んだ。

「これでしばらく様子をみましょう」

千鶴は、おわかの不安そうな顔に笑みを湛《たた》えて頷いた。

「先生……」

その時、初老の男と、おわかの亭主と思われる若い男が、部屋に入って来て千鶴に頭を下げた。

「巴屋六兵衛《ろくべえ》でございます。こちらはおわかの亭主で婿の仙太郎《せんたろう》でございます。生まれてくる子は巴屋にとっては初めての孫、どうぞ母親のおわかともども助けて下さいませ」

「体力を維持することが一番大切なことです。これまでの医療では、妊婦《にんぷ》に食べる物を制限したりしていますが、私の考えは少し違います。ただいま滋養薬を飲んで貰いましたので、しばらくすれば元気が出てくる筈です。さすれば出産も可能です」

千鶴は励ましの言葉を送った。内心は不安もある。常に出産に関わっている訳ではないのだ。

だが、医者の千鶴が悲観した事を口にすれば、その言葉を聞いているおわかの気持ちが萎《な》える。

病《やまい》もそうだが、出産も本人の気の持ち方が、結果を左右することは大いにあるのだ。

「それと、これは出産したあとの事ですが、やわらかいものなら、うんと滋養のあるものを食べさせてあげたいので用意をして下さい」

「あの、これまでですと、産後はせいぜい白粥《しろがゆ》を食べさすことぐらいだと聞いたことがありますが、それ以外の精の強いものは体に毒になると……」

これは姉のおはつが訊く。

「いいえ、早く元気になるためには滋養のあるものを、しっかり食べた方が良いのです。ただし、消化の良いものをね。豆腐《とうふ》とか卵とか、魚の白身なども良いでしょう。お乳が出るか出ないか、それにもかかってきますからね」

千鶴は、よどみなく言った。

「旦那様、おはつさん、この方はシーボルト先生の下《もと》で医師の勉学をした方です。手術だってなさいますし、いろいろと教わった方です。千鶴先生のおっしゃることに間違いはございませんよ」

おとみも口添えする。

「ありがたい事でございます。おっしゃる通りにいたしますので、どうぞ、よろしくお願いいたします」

六兵衛と仙太郎は、ほっとした顔で退出していった。

やがておわかの腹が痛み出した。

「先生、助けて……」

心細そうな声を上げて千鶴を見るおわかに、千鶴は笑顔で頷いてやる。

それを見ていたおとみが、いよいよ始まるかと襷《たすき》を締め直し、

「すみません、おはつさん。少し喉《のど》が渇いてきました。初産《ういざん》ですから、まだまだ時間がかかります。おわかさんには白湯《さゆ》を、そして千鶴先生にはお茶を、私にも喉を潤《うるお》す一杯を……」

杯《さかずき》を傾けるような仕草をして、姉のおはつに頼んだ。

おはつはすぐに控えている女中に命じ、白湯とお茶と、大福餅《だいふくもち》、それに一合枡《いちごうます》に入れた酒を運んで来て、おとみや千鶴の前に置いた。

「千鶴先生、夕食まだだったんでしょう。今のうちに大福とお茶で、お腹《ふく》を膨らませて下さい」

おとみは千鶴に腹を満たすように勧め、自分は枡酒《ますざけ》を一気に喉に流した。

お道は、目を白黒させて、

「大丈夫ですか、お酒なんか飲んで」

小さな声で、おとみに尋ねた。するとおとみは胸を叩いて、

「産婆はみんな酒飲みですよ。酒で気持ちを支えているんです。酔うために飲むんじゃありません。気持ちを高めるために飲むんです。産婆は悲観的になってはいけませんからね。長い時間、強い気持ちを持ち続けて、無事出産できるよう途切れのない緊張をしていなければなりませんから」

千鶴は苦笑しておとみの話を聞きながら、おちょこで白湯に砂糖を溶かしたとろりとした液を、おわかの口に流してやった。

おわかは、美味しそうに飲んだ。するとおわかの頬に、少し赤味が差した。

六兵衛や仙太郎が部屋から引き上げてしばらく経った夜半過ぎ、千鶴の言った通りおわかは力み始めた。

「先生、助けて、先生!」

泣き言を口走るおわかに、

「大丈夫、落ち着いて、息を吸って、吐いて、はい吸って、吐いて……」

千鶴とお道は、おわかの手を握って声を掛ける。

おわかは痛みに顔を歪《ゆが》め、千鶴たちが握っている手に力を込める。

「あっ、もう少しだ。おわかさん、頑張《がんば》って！」

おとみも励ましながら、

「頭が出てきました、もう少しです！」

声に力が入る。

まもなく、おとみはおわかの腹の子を、両足を踏ん張って、引っ張り出した。

「よし！」

おとみの声と一緒に、

「おぎゃあ！」

赤子の第一声が産室にしている座敷に響いた。

「よかった、おわか、よかったこと……」

姉のおはつは、嬉し涙を流しながら、

「おとっつぁん、仙太郎さん！」

二人が待機している部屋に呼びに行く。

「よく頑張ったわね、おわかさん……」

千鶴はおわかの額に噴き出している汗を拭《ぬぐ》ってやった。

「ありがとう、ございます」

おわかはそう告げると、すぐに眠りに入った。

「先生……」

お道が不安な顔を千鶴に向けるが、

「大丈夫……一眠りすれば元気になります」

千鶴は言い、大騒動で赤子を盥《たらい》の中で洗っているおとみに視線を向けた。すると、

「男の子ですよ、先生」

ほっとしたおとみの声が返って来た。

そこに、父親の六兵衛と婿の仙太郎が駆け込んで来た。

「ありがとうございます。一時はどうなることかと心配しておりました」

六兵衛と仙太郎は、赤子の方に膝《ひざ》を進めて、愛《いと》おしそうな顔で初孫を眺めて微笑み合う。

「五体満足、元気な赤ちゃんです」

おとみの言葉は、千鶴が見たことも聞いたこともない、自信と歓喜に満ちたものだった。

その光景は、普段のおとみからは想像もできないものだったが、

　――この、一瞬の幸せを体現することができるから、おとみさんは、取り上げ婆の仕事を辞めることが出来ないのかもしれない……。

　千鶴はそう思った。

　ただ、先ほどまで我が事のように喜んでいた姉のおはつの顔に寂しげな影が、うっすらと掛かっているのを千鶴は見た。


　千鶴が治療院に帰ったのは、翌日の昼近くだった。

　診察室を覗くと、圭之助が患者を診てくれていた。

「先生、熱も少し……喉も痛いんです」

　中年の女が圭之助に訴えている。

「あーんして」

　圭之助は患者の口の中を覗くが、

「心配するほどのことはありません。薬を出しますから、それで様子を見て下さい」

　手元に用意している薬を渡す。ところが中年の女は不服の顔で、

「先生、脈を取らなくても良いのでしょうか？」

手首を圭之助に突き出した。

圭之助は苦笑するが、中年の女の望み通りに脈を診て、再度心配はいらないと告げた。

「ありがと、先生」

中年の女は満足顔で立ち上がると、

「千鶴先生も頼りがいがあって、本当にありがたく思っています。そこに男前の圭之助先生が加わったんですもの、この治療院はもっともっと繁盛しますよ。ふっふっ」

中年の女は意味深な笑いを残して帰って行った。

圭之助は、中年の女が出て行くのを待って、

「いやあ、大変だったようですね、千鶴先生」

白い歯を見せて笑った。

「お産はまだ馴れてないので疲れました。でも先生が診察をして下さっているので、余裕をもって治療することが出来ました」

千鶴は礼を述べた。するとお道が、

「私、出産を目の当たりにしたのは初めてでした。見ていて恐ろしくなりまし

た。おっかさんが、どんなに大変な思いで産んでくれたのか分かりました」

しみじみと言う。お道の顔にも疲れが見える。

「お二人とも今日はゆっくり休んで下さい。往診も私がやりますから」

圭之助は、千鶴とお道を無理やり居間に追いやった。

千鶴とお道は、お竹が用意してくれていた食事を摂《と》ると、睡魔《すいま》に襲われて夕方まで眠りこけていた。

目が覚めたのは、おとみの大きな声が聞こえたからだった。

千鶴は急いで居間に入って、

「おとみさん、何かあったのですか？」

尋ねる千鶴の顔は険しい。

巴屋を引き上げる前に、千鶴は出血の多かったおわかに、止血を施《ほどこ》していた。その処置に不具合が起きたのかと思ったのだ。

「いいえぇ、おわかさんは順調です。一度目を覚ましましたが、その時には卵入りのお粥も、しっかり食べていましたからね。食後には先生が調合して置いていかれた人参の入ったお薬も飲んで……あんなに弱々しかった人が、驚くほどの回復ぶりです」

「それは良かったこと……おとみさんは少し休みましたか？」

千鶴が案じ顔で訊くと、おとみは巴屋で十分な睡眠をとって引き上げて来たのだと言い、

「はい、先生のおかげで、十分眠りました。なにしろ巴屋さんの、あの娘二人は、私が取り上げた人なんです」

「まあ、じゃあ二十数年前に取り上げた赤ちゃんが、今や母親になったって事ですね」

千鶴は、目を白黒させて言った。けっして聞かない話ではないが、目の前にいる産婆と巴屋の娘たちと、そのような深い関係にあったのかと、千鶴は驚いていた。

「そういう縁もあったものですから、苦しんで気を失うのを見て、放ってはおけなかったんですよ。先生にはご足労いただいて感謝しています」

「いいえ、大事にならなくて良かったです」

千鶴の言葉に、おとみは、しみじみと頷いて、

「往診していただいた薬礼《やくれい》は、数日のうちにこちらにお届けするとのことでしたので……」

おとみは、それも伝えるために立ち寄ったようだった。

だが、お竹が出した茶菓子を楽しんでいるうちに、ふっとおとみは思い出したように言った。

「千鶴先生、おはつさんのこと、気になっていたでしょう」

「ええ、巴屋さんはお姉さんのおはつさんにではなく、妹のおわかさん夫婦にお店を継がせたのですね」

胸に引っかかっていた、姉のおはつのことを問いかけた。

千鶴は、妹の出産を喜びながらも、自分一人が取り残されているような、そんな寂しげな顔を見せていた姉のおはつの様子が、ずっと気になっていた。

「流石《さすが》、先生です。事情があるんですよ」

おとみはため息をつくと、三年前までは、姉のおはつが婿を取って商いを引き継ぐ予定だったと言うのであった。

それは、おはつも了承していたことだったのだが、父親の六兵衛が勧める男を婿にするのは嫌だと反発し、結局妹のおわかに婿を取って継がせることになったのだという。

「そうだったのですか……おはつさんには心に決めていた人でもいたんですか？」

「そうなんです。おはつさんには二世《にせ》を約束した人がいたんですよ」

千鶴は訊く。

おとみは沈んだ声で言った。

「でもその人は、父親の六兵衛さんには気に入らなかった訳ですね」

「そうです。巴屋の手代《てだい》だったんです、その人は……」

「娘を使用人と一緒にさせるのは気が進まないと……」

千鶴はおとみの顔を見た。

「そういうことです。巴屋さんは気位の高い人ですからね。巴屋の婿ともなれば、確たる店の倅《せがれ》を迎え入れなくては世間に対して恥ずかしい……そんな考えをする人ですから。私の目には、似合いの夫婦になると思ったんですがね。だって、おはつさんが選んだ手代は、店の中でも仕事が出来ると評判でした。私は一緒にしてあげればよいのにと思いましたよ。でもね、六兵衛さんは首を縦に振らなかった。ずっと前から婿と決めた人がいて、その親とは約束もしていたらしいんです。娘の言う事を聞けば約束を破ることになる。商いは信用が第一ですから、六兵衛さんも自分が言い出した話を変更できなかったんです」

重いため息をついてみせた。

「すると、その手代さんは、もうあのお店にはいないんですね」

千鶴は訊かずには居られない。

「はい、追い出されました」

「まあ……」

「気の毒にね。今頃どこでどうしているのやら……そんなことがあったものですから、おはつさんと父親の六兵衛さんとの仲は良くないんですよ。おはつさんは父親を恨んでいますからね」

おとみの話では、現在六兵衛は、次女夫婦と巴屋の店で暮らしているが、おはつは別宅で一人暮らしをしているのだという。

おわかの出産を案じて、このたびおはつは店に来ていたが、普段はめったに店によりつくことはない。父親と言葉を交わすことはないのだという。

「気の毒に……」

千鶴は呟《つぶや》く。

「先生、実はそのおはつさんですが、私が見たところ胸を患《わずら》っているんではないかと思うんです。お医者に行くように妹のおわかさんが勧めたこともあるようですが、このまま死んでもいい、なんて言って話を聞いてくれないと嘆いていました。いかがでしょうか……往診の折、少し時間に余裕が出来た時にでも、別宅で暮らしているおはつさんの診察を願えないものでしょうか」

おとみは言った。

亡くなった姉妹の母親とおとみは懇意にしており、その母親に代わっておはつを陰ながら案じているのだと千鶴に告げた。

三

「ようようよう、千鶴、久しぶりではないか」

千鶴が根岸の酔楽の家を訪ねると、薬研《やげん》を使っていた酔楽は手を止めて、千鶴を迎え入れた。

「五郎政、お茶だ、上等なやつを頼むぞ！」

台所の方に大声をあげる。

「おじさま、腰の痛みは良くなりましたか？」

千鶴は案じ顔で尋ねながら、部屋の中を見渡した。

掃除は行き届いているといえばそうかもしれないが、男所帯というのは、なんとなく殺風景だ。

ただ、家宅の周囲が今は夏草で繁《しげ》り、近隣にある木々の枝から聞こえてくる蟬《せみ》の声が賑《にぎ》やかだ。

「あら……」

千鶴は、庭の一角に清涼感のある花を見つけた。ガクアジサイだった。

「何時の間に……」

男所帯の庭に花があるのはことのほか、ほのぼのとするものだ。縁側に立ったまま見詰める千鶴の足元から背後の部屋まで、明るい日差しが差し込んでいるのも、なんとなく活気を運んでくれているようで、せめてもの救いだと思った。

酔楽は、藁《わら》で編んだ円座二枚を縁側に持ち出して来て、一枚を千鶴に勧めた。

「五郎政が編んだのだ」

酔楽は自慢げに言い、自分も敷いて座った。

そして、首に掛けていた手ぬぐいで額の汗を拭《ぬぐ》いながら、

「足も腰も大丈夫だ。お前が求馬と一緒になって、二人の子が元服《げんぷく》するまでは死ねぬよ、はっはっ」

笑ってみせたが、少し痩《や》せたように千鶴の目には映った。

「親分、少し欲張りすぎですぜ。二人のお子が元服するまでなんて、その時親分は幾つだと思ってるんですか」

五郎政が笑いながら、お茶を運んで来た。

「わしは八十までは大丈夫だ。千鶴の幸せを見届けないと東湖に叱られるわい」

大見得《おおみえ》を切ったが、

「で、今日は何の用があったのじゃ」

お茶を一口啜《すす》って千鶴の顔を見た。

「五郎政さんに少し聞きたいことがありまして……」

千鶴は五郎政に顔を向けた。

「わかった、あの情けない男のことですね」

五郎政は言う。

「ええ、力之助さんでしたよね」

「まったく、大変でしたよ。あれからここに連れて帰って来て親分が腕の治療をしやしてね、それからあっしが家まで送って行ったんです。力之助さんの親父さんは、顔を真っ赤にして力之助さんを叱りつけました。あっしも一緒に謝ってやりまして、そしたら親父さんは今回に限り免じてやると、まあ許してくれたんですが、力之助さんは今座敷牢《ざしきろう》に入っているようなものです。ずっと下男が張り付いておりやすから身動きできないと言っておりやす」

五郎政の話では、力之助は跡取り息子だ。このままだと悪所通いをして身代《しんだい》を潰しかねないと、父親は厳しい目で見ているらしい。

「ただ、あの男が、借金の取り立てに来るのは間違いない。力之助さんはそれを恐れておりやして。なにしろもう一度、親父さんの気分を害したら勘当だって言われているようですから……」

五郎政の話を聞いていた酔楽も、

「まあ、きちんと決着をつけた方がいいと、わしは佐兵衛に言ってやったんだ。五郎政を使ってもいいから、相手と縁を切れとね」

五郎政は、酔楽の下で働くようになる前は、賭場《とば》や悪所をねぐらにしていた正真正銘《しょうしんしょうめい》の元ごろつきである。

意外なところで役に立つものよと、千鶴は内心笑った。

その五郎政、既に力之助が通っていた賭場は摑んでいるのだという。

そしてあの時、力之助を脅していたのは、賭場に雇われているはぐれ者で、賭場で貸した金の回収を受け持っているのだということも分かっているらしい。

「あの野郎は、直次郎《なおじろう》という者だ」

五郎政は言った。

「直次郎……」

千鶴はふと、先日捨て台詞を残して去って行った、その直次郎の顔に哀しげな影が差していたのを思い出していた。

「あの人は、直次郎という人なんですか、どういう事情のある人なんですかね」

千鶴は訊く。

「若先生、あいつは三年前まではお店者《たなもの》だったようですぜ。ですが、何があったのか知らねえが店にいられなくなって追い出された。それでああいう世界に入ったらしいんだ。力之助は直次郎がお店者だった頃から親しくしていたらしく、つまり、お客と手代の関係だったんだ。その縁で博打に引き込まれたらしい……」

「いろいろあるのね」

千鶴はお茶を飲み干しながら、ふっと巴屋のおはつの話を思い出していた。

その時だった。木戸を開ける音がしたと思ったら、庭に男が現れた。

「力之助さんじゃないか……まさか抜け出して来たんじゃないだろうな」

五郎政が驚いて、ばつが悪そうな顔で庭に入って来た力之助を見た。

「親父さんに言われてやって来たんです。五郎政さんに頼みたいことがあって……」

力之助は、懐《ふところ》から紫の包みを出して、五郎政の前に置いた。

「いよいよ縁を切ると決心しなすったんですね」

五郎政が、紫の包みに視線を落とす。

「はい、それで五郎政さんにお願いしたくて参りました。これ、賭場で作った借金です。二十五両ございますが、これで全部です」

力之助は包みを解くと、五郎政の方に切り餅ひとつを押しやった。

「私が出かけて行くと、また誘われたりして抜け出せなくなる。そこで、五郎政さんに、きっぱりと返金してきてほしいと思いまして……」

流石に今日は神妙な顔をしている。

「まったく……」

五郎政は舌打ちをする。だがすぐに酔楽が、

「行ってやれ、人助けだ」

五郎政にそう言ったのち、力之助に顔を向けると、

「力之助さん、お前さんも、もう二度と賭場に通っちゃあいけないよ。これを持

参して手を切るためには危険も伴うことになる。五郎政にそれを頼むのなら、あんたも約束するのだ。いいね。ここにいるわしと、こちらの千鶴が証人だ」

厳しい目で力之助を睨んだ。

「はい、約束します。私があの賭場に通うようになったのは、親しかった巴屋の手代の直次郎が理不尽《りふじん》にも店を追われて困っていて、賭場に一宿一飯《いっしゅくいっぱん》の宿を借りているのだと話を聞いたことが始まりです。気の毒になって、それなら私がお客として顔を出せば面子《めんつ》も立つだろうと、そんな軽い気持ちで通い始めたんです。ところがつい深入りして借金を作ってしまって……でももう、直次郎には会いません。昔はいい奴だったんですが、店を追われてから人が変わってしまって……」

力之助の話を側で聞いていた千鶴の顔が、次第に強《こわ》ばるのが分かった。

「力之助さん、今あなた、あの男、直次郎は巴屋の手代だと言いましたね。間違いありませんか？」

千鶴は訊いた。

「はい、直次郎です」

力之助は頷いた。

「千鶴、何か心当たりがあるのか、直次郎に……」

怪訝《けげん》な顔を酔楽は千鶴に向けた。

千鶴は頷き、巴屋のお産に立ち会ったことで知り得た内情を酔楽たちに話した。

酔楽の家を出た千鶴は、山谷堀《さんやぼり》から猪牙船《ちょきぶね》を雇い、隅田川《すみだがわ》を下り深川の巴屋に向かった。

おわかのその後の体調を診たのちに、姉のおはつを訪ねてみようと思ったのだ。

同業者の中には、医者は病を治せばいい。他のことに目を向ける必要はないと言う者もいるけれど、千鶴はそんな風に考えてはいない。

心の病が体調を崩していくことを考えれば、心と臓器は一体であると考えるのが正しいと思っている。

父が残してくれた記録にも、危うかった患者でも希望を持つことで、驚くほどの回復をみせたとあった。千鶴も同じような体験をしている。

「お客さん、夏の大川《おおかわ》は賑やかですな」

沈思《ちんし》していた千鶴に、突然船頭が声を掛けて来た。

「ええ、本当に……」

千鶴は今気がついたように、川面に目を遣った。

幾艘《いくそう》もの屋形船《やかたぶね》や屋根船《やねぶね》が遊覧の客を乗せて大川を上り、また下っている。

またその船に、物売りの小さな舟が近づいて、ざるのような物を介して商品を渡し、代金を受け取っている。その光景は毎年の江戸の風物詩だ。

大金を使って遊覧出来る人たちが川遊びを楽しんでいるのはむろんのことだが、川沿いの道からただ見物する者たちも、目に映る遊覧の船を眺めながら、この地に暮らしているからこそ、こうした光景を見ることができるのだという妙な自負を抱くのだった。

「あっしは毎日毎日、こうして猪牙を漕《こ》いでいるんですがね、一度ぐらいは娘にもああいう思いをさせてやりてえもんだと、そう思って眺めているんでさ」

船頭は言った。

「娘さんがいらっしゃるんですね」

千鶴は、力強く漕いでいく船頭の日に焼けた腕を見ながら訊いた。

「へい、口やかましい娘が一人おりやす。かかあを亡くしてからずっと二人暮らしをしてきやした。苦労も多くて喧嘩《けんか》も数知れずしてきやしたが、娘がいてくれたからこそ、あっしは頑張れたって思っているんです。子を持つ親の幸せを味わわせてもらったと……」

しみじみと言ったが、

「いけねえ、余計なおしゃべりをしちまいました。娘には照れくさくって言えねえが、娘と同じ年頃のお客さんを見て、つい……情けねえ親父だ、はっはっ」

船頭は陽気に笑って、櫓《ろ》を漕ぐ手にいっそうの力を込めた。

千鶴は、思いがけない船頭親子の温かい話を聞いて、親の愛を改めて知り、亡き父母を思って胸がジンとした。同時に、密《ひそ》かに懸念している巴屋の父親と娘に思いを馳《は》せた。

猪牙船を使ったお陰で、山谷を出てから深川までは、あっという間の時間だった。

細身の体軀《たいく》だが、日に焼けた船頭の顔に見送られながら、千鶴は急いで巴屋に向かった。

「これは先生、良いところに来ていただきました」

迎えてくれたのは、六兵衛だった。

店の中は伽羅の油や化粧品や手鏡など所狭《ところせま》しと並べてあって、身なりの良いお客が、巴屋の手代や番頭を相手に商品の品定めをしていたが、主《あるじ》の六兵衛は帳場で大福帳を点検していたようだ。

千鶴の姿を店の中に見るや、急いで立ち上がって迎えてくれた。

「実はおとみ婆さんのところに使いを出そうと思っていたのです」

深刻な顔だ。

「どうかなさいましたか？」

「乳が思うように出ないのです。昨日もおとみ婆さんが来てくれて、いろいろ手を尽くしてくれたんですが……」

六兵衛の案内で、奥の座敷に向かうと、おわかが泣き出しそうな顔で、ぱんぱんに張った乳房を摩《さす》っていた。

「先生……」

縋るような目で千鶴を迎えたおわかに、千鶴は側に座って、

「ちょっと失礼……」

おわかの乳に手を当てると、ぎゅっぎゅっと力を入れてもみ始めた。

おわかは痛みで顔を顰《しか》めたが、まもなく乳が出た。

「先生、ありがとうございます」

おわかは礼を述べ、

「赤ちゃんをここへ……」

女中に言った。すると隣室で乳付けをしていたのか、どこかの内儀《ないぎ》が、赤ちゃんを抱っこして入って来た。

赤子を抱いて乳を飲ませ始めたおわかを見てから、千鶴は巴屋を出て、おはつの暮らす別宅に向かった。

四

「ごめん下さいませ」

まもなく千鶴は、冬木町《ふゆきちょう》の格子戸の前でおとないを入れた。

おはつが暮らす別宅は、仙台堀《せんだいぼり》の南側に広がる町の、空き地もあちらこちらに見える一画にあった。

「先生ではありませんか」

出て来て戸を開けてくれたのは、四十がらみの女中だった。

はてな、会ったことがあったかと一瞬考える千鶴に、

「私はここで、おはつさんのお世話をしております、むらといいます。先日はお嬢様と本宅に参っておりましたので、先生のお顔は存じております」

と笑顔を見せる。

「ああ……」

そうかと千鶴は思い出した。

産室になっていた座敷の外で控えていた女中の一人だと気が付いたのだ。

千鶴はおむらに、おはつの体を診るために訪ねたのだと告げた。

「おとみさんから頼まれていたのです」

「ありがとうございます。おとみさんが心配していると知れば、お嬢様も頑固《がんこ》なことはおっしゃらないと思います。私から見ていても、近頃は具合が良くないのではと思っていました」

おむらはすぐに引き返し、おはつに千鶴の来訪を告げると、戻ってきて、

「お願いいたします」

千鶴を家の中に入れた。

おはつは縁側の向こうに広い庭が望める部屋で横になっていたが、千鶴が部屋

に入って行くと、起き上がって、

「ご心配をおかけして……」

頭を下げた。そして妹のおわかが無事出産できたことの礼を述べた。

「おとみさんも、おわかさんも案じていましたよ。押しかけ診察ですが、脈を取らせて下さい」

千鶴は言って、さあ、と手を伸ばした。おはつは黙って手を差し出した。

次には口の中を診、横になってもらって胸の鼓動を聴く。

微《かす》かに雑音が聴き取れた。

「咳《せき》はでますか？」

顔を上げて千鶴は尋ねた。おはつは頷いたが、

「労咳《ろうがい》でしょうか、先生……」

心配そうな顔を向ける。

「胸を痛めているのは間違いありませんね。でも労咳かどうかは……風邪《かぜ》をこじらせてしまったのかもしれません。もう少し様子をみましょう」

千鶴はそう言い、しっかり滋養のある物を摂ることが大切だとおむらにも告げた。

「治るのかしら……」

ぽつりとおはつは呟く。

「治ります。まだ労咳と決まった訳ではありませんし、万が一労咳になっても、滋養のある物をしっかり食べて体力を維持出来れば、病気は逃げ出してしまいます」

「先生……」

おはつの頬が少しほころんだ。

千鶴は、ほっとした。

おはつは、もう自分は死んでもいいんだなどとこぼしていると、おとみが言っていたからだ。

「私、おとみさんや妹に、弱気なことばかり言って心配させてきました。でも、気が付いたんです。病気で死ぬにしても、その前にやっておかなくてはならないことがあるってことを……」

おはつは言った。

千鶴は頷きながら、どういう心境の変化なのだろうかと思った。

おはつは、乱れた髪を押さえながら話し始めた。

「千鶴先生は知らない話なんですけど、私には二世を誓った人がおりました。巴屋の手代だった直次郎という人です……」

「！……」

千鶴は、やはりそうかと心の中では驚いていた。

巴屋の元手代で直次郎という男には会っているし、悪所で暮らしていることも聞いている。

だが、今ここで、おはつに千鶴が知っている直次郎の話をするのはあまりにも酷だと思って、黙っておはつの話に耳を傾ける。

「でも、おとっつぁんに反対されて、一緒になることは叶《かな》いませんでした。いえ、そればかりか、おとっつぁんは店から追い出してしまったんです……」

千鶴は小さく頷いた。

おはつは長い間の鬱屈《うっくつ》を、今口に出して千鶴に聞いてもらおうとしているところだ。心に託ってきた悩みを打ち明ければ、病んだ体も軽くなる。ここはしっかり、まず聞いてやることが大事だと千鶴は思っているのだ。

おはつは話を続けた。

「翌日、直次郎さんは故郷に帰るのだと聞きました。おとっつぁんの話では、故郷に帰って小商いでも始めるようにと、三十両渡したそうです。その代わり、二度とこの江戸の土は踏まぬようにと釘《くぎ》を刺したとも聞きました。もう会えないかと思っていたら、おむらが翌早朝、おとっつぁんの目を盗んで、私を永代橋《えいたいばし》まで連れて行ってくれました……」

昔をたぐりよせて、今そこに立っているような顔で、おはつは話を続けた。

おむらに手を引かれて永代橋を渡ると、橋の西袂の店の軒下から、

「おはつさん……」

旅姿の直次郎が姿を現したのだ。

「直次郎！」

走り寄ったおはつに、直次郎は熱い目を向け、手を取り、

「おむらさんが、最後の別れをするようにと言ってくれたんです。おはつさん、もう私は江戸に戻って来ることは出来ません。どうか、私のことは忘れて幸せになって下さい」

「いやいや、いやです。私も連れて行っておくれ」

直次郎の胸に飛び込もうとするおはつを、直次郎はおはつの両肩を摑んで剝《は》がし、

「すまない、おはつさんと別れるのは死ぬほど辛《つら》いが、旦那様には恩がある。私はね、手切れに頂いた金で、きっと成功をおさめてみせるよ。いつになるかわからないけど、きっと……あの男を追い出したのは失敗だったと、旦那様には思ってもらいたい……それがせめてもの、せめてもの恩返しであり意趣返し……」

苦しげな顔で直次郎は言う。

「そんなことを言って、故郷に帰ったら、お嫁さんをもらうのよね」

おはつは、怒りをぶちまける。

「いいや、私は所帯は持たないよ、私がどれほどおはつさんを好きか知っているじゃありませんか」

直次郎は愛おしげにおはつを見つめた。

「ほんとに……嘘じゃないのね」

念を押すおはつに、

「約束する、いつかきっと、大手を振って会おう」

決心の目でおはつを見つめ、次の瞬間、くるりと背を向けて去って行ったのだった。

おはつはそこまで告白してから、

「それが三年前のことです。私、直次郎さんの故郷を訪ねてみようと思うのです」

意外な決意を吐露《とろ》したのだ。

「おはつさん……」

千鶴は驚いておはつを見つめた。

「いてて、先生、お手柔《てやわ》らかに頼みますよ」

浦島亀之助《うらしまかめのすけ》は、二の腕の傷口に千鶴が触《さわ》った途端、悲鳴を上げた。

「何、なさけない声出してるんですか」

千鶴は浦島の腕をぱちんと叩くと、

「これしきの傷、いい歳をした男が……」

ぐいと浦島の腕を引っ張って、傷の大きさを見る。

「先生のおっしゃる通りだ、旦那、そんなんだからあいつらに不覚を取ったんですよ」

脇から猫八《ねこはち》が、からかい半分に口を出す。

「だ、黙れ、おまえがとろとろしているから、こんなことになるんじゃないか」

いつもの二人の掛け合いが始まった。

「黙りなさい！」

千鶴は一喝《いっかつ》して、

「縫った方がいいかな……」

と呟き、

「お道っちゃん、縫合《ほうごう》の用意をお願いします」

奥の部屋で、襷掛けで白い腕を出し、薬研を使っているお道に声を掛けた。

その時だった。

「私がやりましょうか。待合《まちあい》には患者が一杯です。千鶴先生は次の方を診て下さい」

白衣を着けた圭之助が入って来た。

「あっ、すみません。それじゃあお願いします」

千鶴は言った。

「えっ、千鶴先生、私の手当てはこちらの先生が……」

浦島は不服そうだ。

圭之助はにこにこ笑って、浦島の前に座ると、

「南町《みなみまち》の浦島亀之助様でしたね、定中役《じょうなかやく》のお役目で奮闘なさっていると聞いています。そしてこちらが、猫目《ねこめ》の甚八《じんぱち》さん、猫八さんと呼んでいるようですが、父親の代から根っからの岡《おか》っ引《ぴき》、浦島様と猫八さんは、親子二代に亘《わた》っての仲、一度は手柄を立てて定町廻《じょうまちまわ》りの補佐役になったこともあるとか……」

すらすらと初対面の二人の仕事ぶりなどを口走る。

「先生、よく私たちのことをご存じで……ですがちょっぴり、耳の痛い言葉もありましたが、誰にお聞きになったんですか？」

猫八は、おそるおそる聞く。すると、折敷《おしき》の上に白い布を敷き、その上に針など並べて縫合の準備をしていたお道が、

「教えてあげたのは私……何か間違っていることありましたか？」

にやりと二人に笑いかけた。

「お道っちゃん……」

お道に言われるとぐうの音も出ない二人だ。もしも言い返せば、百倍になって舌鋒《ぜっぽう》鋭《するど》く返ってくると分かっているからだ。

しゅんとなって腕を差し出した浦島に、圭之助は消毒をしながら尋ねた。

「この傷、匕首《あいくち》の傷ですね」

「はい、お上《かみ》は先年、岡場所の手入れに力を入れたことがあったんだが、今度は賭場に目を光らせている。奉行所も人員が足りない中、めぼしい賭場に踏み込んで頭《かしら》を引っ立てろと……で、私も命じられて三日前に賭場に踏み込んだのはいいんですが、その時受けた傷が悪化して、こりゃあ千鶴先生に一度手当してもらった方がいいだろうって思いまして……」

浦島は、深いため息をつく。すると猫八が、

「旦那を刺した野郎は分かっている。鹿蔵《しかぞう》って壺振《つぼふ》りだ。鹿蔵の弟分で直次郎って男がいるんだが、あの時そいつが止めてくれなかったら、旦那は胸を刺されていたにちげえねえ……」

猫八の言葉に、しゅんとなっている浦島だが、爺さんの腹を診ていた千鶴は、ぎょっとして顔を猫八に向けた。

「その賭場はどこにある賭場？」

「回向院《えこういん》前、と言っても、ずっと路地を入ったところです。あの辺りには間口の狭《せま》い家が屋根をくっつけるようにしてあるんですが、そのひとつです。『神田《かんだ》藤《とう》屋』という軒行灯《のきあんどん》を出していますが、格別商いをしている訳ではありやせん。藤治郎《じろう》というやくざあがりの宿主が賭場を開いているんです。あっしと旦那が、よ

うやくそこをつきとめたんです。藤治郎は、五と十のつく日に博打場を開いているることが分かりやしてね、それで旦那と、これで手柄を立てられると意気揚々《いきようよう》踏み込んだんですが、相手も海千山千《うみせんやません》。子分に目を光らせていて、旦那とあっしは、縄を掛けるどころか、逆に痛めつけられたって訳でして、へい……めんぼくねえ話でございやすよ」

猫八は苦笑したが、千鶴の顔は強ばっていた。

「猫八さん、その直次郎って人ですが、どんな人……例えば、鼻がひん曲がっているとか、唇が厚いとか、年齢や背の高さなどですが」

千鶴の少し強ばった顔色を見た猫八は、

「まあ、どういうか、整った顔立ちだな。中肉中背、悪ぶってはいるが、あんな場所には似合わねえ感じがしたな……歳は二十七、八かな」

顔を浦島に向ける。

「そんなところだな」

浦島は、圭之助に治療してもらいながら言ったが、

「千鶴先生、直次郎って男に何か……」

怪訝な顔を向けた。

「ええ、ちょっと気になることがあって……」

そこで賭場の話は終わったが、

――一刻も早く、直次郎という男を見つけなければならない……。

直次郎の現状をとらえた上で、おはつには本当のことを知らせてやらなければならないと、千鶴は考えているのだった。

「はい、痛みもとれたようですから、今少しお薬を飲めば、それで良いでしょう」

千鶴が腹を診ていた爺さんに告げたその時、

「先生、おむらさんがお薬を取りにいらしていますが、何か先生に話しておきたいことがあるようで……」

待合の患者に、薬を渡しているお竹が、おむらの来訪を知らせてくれた。

千鶴はすぐに立って、おむらを玄関脇の小部屋に誘った。

「先生、お話ししておかなければならないことがございます」

座って千鶴と相対するや、すぐにおむらは切り出した。

「おはつさんのことですね……」

「おはつさんと直次郎さんのことです」

おむらは頬を硬直《こうちょく》させて言った。

千鶴が頷くと、

「昨日、おはつさんが直次郎さんのことを告白しましたよね。おはつさんは直次郎さんと別れたあとに、実は一度お婿さんを迎えていたんです。旦那様の意志に逆らうことは出来ないと思ったんでしょうね」

おむらはまず、そう言った。

だが、一年も経たぬうちにその婿とは離縁した。婿が、冷たいおはつに嫌気がさして実家に帰ってしまったからだ。

それからおはつは、ずっと一人で暮らしている。

父親とうまくいかなくなったことが主な原因だが、おはつには何も希望が無くなったことも大きい。

ただ生きながらえている。おはつの日常を見ていると、そのように感じていたのだと、おむらは言った。

「でも、昨日、病を治すんだという前向きな気持ちを聞いて、私、びっくりしたんです。今までそんなことを言ったことがありませんでしたから、嬉しかったです。でもそのあとすぐに、おはつさんは、病を治して直次郎さんに会いに行くと言ったでしょう?」

千鶴は頷く。

「困ったことになるなと思いました。だって私は、直次郎さんが田舎《いなか》に帰らずに、この江戸にいるのを知っていますから……」

「そう、おむらさん、知っていたんですね。実は私も知っていますよ」

「えっ」

おむらは驚いた。

千鶴は、自分が知っている直次郎のことを手短に話した。

「やっぱり……」

おむらは案じ顔で頷くと、

「私は柳橋《やなぎばし》近くですれ違ったんですよ、先生。その時、人相の良くない人と一緒でした。まさかと目を疑いましたが、間違いなく直次郎さんでした。私はおはつお嬢様には話しておりません。そんな話をすれば、どれほど悲しまれるか分かっているからです。もちろん旦那様にも話していません。旦那様が店を追い出したことは冷たい仕打ちに違いありませんが、それでも一縷《いちる》の温情を旦那様は示されました。田舎に帰って小商いをするようにと、多額のお金を渡しています。店の他の人たちはそんなことまで知りませんが、私は側で見ています。その直次郎さんがなんでこの江戸に居て、しかもあんな連中の仲間になってしまっているのかと、私、ずっと悩んできたのです……」

千鶴の顔をじっと見た。

「おむらさん、私もいろいろ考えているのですが、何か余程《よほど》の訳でもあったのではないでしょうか。おしるこ屋で会った時から気になっていて、まして巴屋さんとはご縁ができました。黙って見ていることもできかねて、私なりに調べてみようと思っていたところです。おはつさんに話すのは、調べたのちに考えましょう」

「ありがとうございます。よろしくお願いいたします」

おむらは、千鶴の言葉を受けて手をついた。

五

数日後、圭之助が診療所に来る日を待って、千鶴は五郎政に案内を頼み、力之助の家に向かった。

大百姓だと聞いていたが、力之助が暮らす家の門構えは立派だった。門を入って玄関まで敷石《しきいし》が置いてあり、玄関を入ると広い三和土《たたき》の空間、そしてその向こうに長い上がり框《かまち》があって、囲炉裏《いろり》の見える板の間がある。更《さら》にその向こうに座敷が続いているのが分かった。

玄関を入ったところで五郎政が、力之助の名を呼ぶと、

「なんだ、五郎政さんか……」

奥から力之助が出て来た。相変わらずお気楽な感じだが、五郎政に博打の借金を解決してもらってほっとしたのか、以前の思い詰めた表情はもうなかった。

「今日は何……まさか、あの金だけでは足りないとか……」

急に力之助の顔が曇った。

「いや、今日はこちらの先生が、お前さんに訊きたいことがあるというんで、お連れしたんだ」

五郎政がそう言うと、力之助はそこに座ってくれと上がり框を勧めた。

上がり框と言ったって、長屋の上がり框ではない。何人だって座れる長さだ。

力之助自身も並んで座った。

「ぼっちゃま、まあまあそんなところで、上がっていただければよろしいのに」

台所の方から初老の下男が慌ててお茶を運んで来て勧めてくれる。

力之助は、下男が去るのを待ってから、

「私に何をお訊きになりたいのでしょうか」

千鶴に不安な顔を向けた。

「直次郎さんのことです。あなたは昔からの知り合いだったとおっしゃっていましたね。直次郎さんは巴屋を追い出されたんですが、私の知っている話では田舎に帰る筈だった。ところが帰らずに江戸に居残ったのはどうしてなのでしょうか。ご存じなら教えていただきたいと思いまして」

力之助は頷くと、

「ついてない男なんですよ、あいつは……」

まずそう言った。そして、

「直次郎が江戸に今も居残っているのは、田舎に帰れなかったからです。有り金全部、何者かに掏《す》られたからなんですよ」

力之助は苦笑した。

「掏られたって、巾着切《きんちゃくき》りに？」

千鶴は聞き返す。想像もしていなかった話だ。

「誰に盗られたかはいまだ分からないようですが……三年前のことでした……私の家に旅姿の直次郎が突然訪ねて来まして、一晩泊めてほしい、無一文になったと言ったんです。私は何故《なぜ》巴屋に帰らないのかと聞いたら、長女のおはつさんとのことで、店を追い出されたんだって言うじゃありませんか……」

力之助は、この時初めて、直次郎からおはつとの話を聞いたのだった。

「いくらなんでも気の毒になってしまいましてね……」

力之助はしみじみと言う。

直次郎と力之助が懇意になったのは、巴屋の伽羅の油を買い求めに深川の店に行ったのが始まりだったという。

その時、応対してくれたのが直次郎だったのだ。

それからは力之助が自分で買い求めに行くこともあったし、直次郎に届けて貰うこともあった。

伽羅の油を介して二人は友達付き合いをするようになったのだった。

「直次郎さんと私は同い年なんですよ。それもあって、時々ちょっとした物、安価な物なんですけどね、おまけしてくれました……そうそう、実家が紙を漉《す》いているとかで、懐紙《かいし》をくれたこともありました。私は私で、時々居酒屋に誘ったりもしましたよ。そんな風でしたから、私も断ることも出来ずに泊めてやったんです。でね、その時の直次郎の話では……」

永代橋でおはつと別れたのち、品川《しながわ》に向かったのだという。

ところが芝《しば》の橋を渡ったところで、女が蹲《うずくま》って苦しんでいるのに出くわした。辺りを見渡したが、女に気を留める者はいない。皆、足を急がせていた。

――なんだよ、みんな冷たいな……。

直次郎はそう思った。自分はそのまま立ち去れずに女に声を掛けた。

そして、日陰に連れて行き、携帯していた丸薬《がんやく》を飲ませてやったのだ。

女は四半刻（三十分）もすると元気になった。それで直次郎は改めて品川に向かったのだが、途中で懐が軽いことに気がついた。

三十両の金が消えていたのだ。

――あの女か……。

と直次郎は、介抱《かいほう》してやった女の顔が一瞬心に浮かんだが、

――いや待て、あの後で、体に当たって去って行った男がいた。

あの男が巾着切りだったかもしれないのだと頭を抱えてしゃがみこんだ。

女を介抱して元気にしてやった事で、気が緩《ゆる》んでいた。誰のせいでもない、自

分の不注意だ。

——もう田舎には帰れない……。

手ぶらでどうして帰れようかと、直次郎は途方にくれた。早速今夜の寝る場所も困ることになった。

そこで力之助を思い出したのだと、直次郎は言ったのだった。

力之助は、直次郎に一両貸してやった。金は出来た時に返してくれれば良いと言って、翌日見送ったのだ。

「でもね」

力之助はそこまで話すと、息をついてから、

「二年後、つまり昨年またここにやって来た時には、すっかり人が変わっていましたね。その時、直次郎は田舎に帰りたくても金の工面《くめん》がつかないのだと言っていました。私にはどうしてやることもできません。でも直次郎から賭場に誘われた時、そういう形なら協力は出来るかと何回か通ううちに、深みにはまったって訳なんですよ。そしたら、どうです……先生もご存じのように、あの野郎は私を脅したばかりか殴ったんですよ。直次郎はすっかり変わりました……もう昔の直次郎ではありませんよ。ですから、友達でもなんでもありません」

最後は怒りを露わにした。話しているうちに、許せないという思いがわき上がってきたようだ。

「力之助さん、直次郎さんの住まいはご存じですか？」

千鶴は尋ねる。

「五郎政さんは知ってるだろう。あのお金を届けてくれたんだから」

力之助は五郎政を見た。

「松井町《まついちょう》の裏店《うらだな》のことだな。最初あっしは、力之助さんから聞いていた、その松井町の裏店に行ってみたんだよ。だけど奴は長い間帰ってきていないということだった。しょうがないから、力之助さん、お前さんに聞いていた回向院の神田屋に行ったんだ。そして、お頭と呼ばれていた胴元《どうもと》の藤治郎って爺さんに会って金は渡した。それで、完済の証文を貰ったって訳だ。だから直次郎には会ってねえんだ」

五郎政はどこに行っても直次郎に会えなかったことに首を傾《かし》げる。

「ちょっと待って……」

千鶴は手を上げて、

「少し整理しましょう。浦島様の話によると、回向院前の藤治郎が開いている賭場はつい先日、踏み込まれています。その時に直次郎さんという人が、その場にいたことは分かっています。五郎政さんがお金を返済しに行ったのは、賭場が踏み込まれる前だったのか後だったのか……」
「ああ、それなら前だな、平穏《へいおん》そのものだったからな。踏み込まれていたら、あ
あいう雰囲気ではない筈だ。ただ」
五郎政は、千鶴に顔を向けて、
「あっしが賭場を訪ねたその夜か、あるいは翌日の夜か、踏み込まれていること
になる。直次郎は名前を役人に知られている。そうなると、しばらく賭場に戻る
ことは無いな。今はどこかに身を隠しているのかもしれねえ」
賭場など、千鶴にとっては想像出来ない世界だ。
「女か……」
ふと力之助が呟いた。
「いるんですか、そんな人……」
千鶴は驚いて訊く。
「いや、よくは知らないのですが、賭場で働くようになったのは、懇意になった
女に勧められたからだとか言っていたことがある。賭場にも長屋にもいられない

となると、その女のところかもしれませんよ」

力之助の言葉を聞いた五郎政は、

「千鶴先生、あっしが当たってみますよ」

千鶴に頷いてみせた。


「ああ、できたできた……皆さん、どうぞこちらにいらして下さいませ〜」

台所の方から圭之助の母、おたよが弾んだ声を上げた。

午前中の診察を終えた昼過ぎの八ツ（二時）、圭之助は往診の準備をしているし、千鶴は患者の病歴を記している。そしてお道は、薬簞笥《くすりだんす》の前で、薬の残量を調べて書き上げていた。

そこにおたよの声が飛んできたのだ。おたよに呼ばれては聞くしか無い。

千鶴たちが居間に出向くと、おたよがお竹に手伝わせて、椀をそれぞれの前に並べた。

「あっ、おしるこ？」

お道が嬉しそうな声をあげる。

「いいえ、これはおしるこではなくぜんざいです。お江戸のおしるこは、こしあんですが、大坂は小豆《あずき》の粒が入ってますねん。一度上方のものを食べていただこうおもて、美味しいでっせ。ささ、食べて下さい」

皆に勧める。

「ほんと、美味しい……」

お道がまず箸をつけて言った。

千鶴たちも箸を取って、ぜんざいを味わう。

なるほど、しることは違った感触だが、これはこれで美味しいものだなと思った。

「すみません、母はこうと決めたら、人の迷惑も考えずに動いてしまう人ですから」

圭之助は苦笑した。

「いいえ、私たちは上方のことなんて少しも知らないんです。おたよさんが色々と教えて下さって楽しいです。迷惑だなんて思ってはおりませんよ」

お竹は言って、みんなに同意を求める視線を送った。

「おおきに、大坂から出て来て、友達にも会えまへん、寂しい思いするかなあおもてたけど、ここに寄せてもらうと、なんか、随分《ずいぶん》前からお友達のような気になります」

　おたよは言って、

「お餅は気ぃつけて食べて下さい。喉に詰めたら大変やから……あっ、それ気ぃつけなあかんのは、うちのことやな。あはは」

　陽気なおたよに、みんな思わず噴き出した。

「おや、おやおや……玄関で声を掛けても誰の返事もないと思ったら、なんだ、みんなして美味しい物を食べている最中だったんですね」

　五郎政が入って来た。

「あっ、ゴロさん、まだありまっせ。ちょっとお待ちを……」

　おたよは、すいと立って台所に行った。

「ゴロさんって……」

　五郎政は苦笑しておたよの背を見送ったが、すぐに真顔になって千鶴に頷いた。

「何か分かったんですね」

　千鶴は、お椀と箸を置く。

「へい、長屋には、やはりおりませんでした。でも、ひとつ、手がかりになる話を聞いてきやした」

「親しい女の人がいるんですね」

千鶴は顔を曇らせる。

「へい、居酒屋の女だそうです。長屋にもたびたび来ていたようです。二人は男と女の仲だというのは間違いない、長屋の女房たちはそのように言っておりやした。女の名はおるい」

「おるい、ですか」

「結構な年増だということです。女房たちの言うのには、直次郎はすっかり騙《だま》されているようで、長屋の女たちの目からみれば、垢抜《あかぬ》けて綺麗《きれい》な女だということですが、ここんところはあばずれだって」

五郎政は胸を叩く。

千鶴はため息をついた。なんでまた、そんな女と親しくなったのかと……。

「その、おるいという人の店はどこにあるのですか」

「深川の蛤町《はまぐりちょう》にあるらしい。店の名は分からねえが、地蔵が立っている横町だと聞いている。捜せば分かるんじゃないかな」

千鶴は、思案の顔で頷いている。

「そうだ、もうひとつ、分かったことがありやす」

五郎政は、続けて言った。

「回向院前で賭場を開いている藤治郎って爺さんですが、どうやら深川の永代寺《えいたいじ》門前町《もんぜんちょう》でも賭場を持っているようですから、直次郎はそちらの賭場にも行っているんじゃねえかと、あっしは考えているんですが……」

そこにおたよが、ぜんざいを持って来た。

「ごくろうさまでございます。これで力つけて下さいな」

「ありがてえ」

五郎政は、早速箸を取った。

「千鶴先生、私に出来ることがあれば言って下さい」

それまで黙って話を聞いていた圭之助が言った。

「すみません、つい見過ごすことが出来なくなって、圭之助さんにはよけいな負担をおかけして……」

千鶴は苦笑する。

「いえ、そんなことは良いのです。そういう先生だからこそ、患者さんが慕《した》ってくるんです。薬を与えるだけが、医者の仕事ではない、私もそのように考えています」

圭之助はそう言うと、立ち上がった。今日の往診に出向くためだ。

するとおたよは、いそいそと玄関まで出て行って圭之助を見送っている。

「気を付けなさいよ。変な人に因縁つけられたりしないように気ぃ付けて。忘れ物はないやろね」

心配する母親のおたよの声と、

「おっかさん、もうそろそろ長屋に帰らないと……」

母を窘《たしな》める圭之助の声が聞こえてくる。

千鶴とお竹、それにお道の女三人は、顔を見合わせてくすくす笑った。

六

百目蠟燭《ひやくめろうそく》が一本、二本……いや、盆茣蓙《ぼんござ》の四隅《よすみ》と、客から少し離れた場所に二本、煌々《こうこう》と燃えている。

ここは深川の永代寺門前の藤治郎のもう一つの賭場だ。

盆茣蓙の周りには、客が膝を揃えて盆茣蓙に伏せてある壺を睨んでいて、部屋全体に緊張感が漂っている。

少し離れたところには、白髪《しらが》頭の藤治郎が、長い煙管《きせる》をくわえて、博打の様子を見守っている。

また、その藤治郎の横で膝を揃えて卑屈《ひくつ》な顔をして座っているのが、直次郎である。

「丁半《ちょうはん》揃いました……」

中盆が声を上げると、壺振りがお客を見渡してから、壺を振って伏せた。

「勝負！」

息を呑《の》むお客の視線が、壺を射る。

「ぴんぞろの丁！」

中盆の声に、いっせいにため息や歓声が部屋に飛ぶ。

「どうだ、おめえも遊んでいいんだぞ」

藤治郎は、横に畏《かしこ》まっている直次郎に言って、にやりとした。

「いえ、私は……」

直次郎はもごもご言ったが、その刹那《せつな》、ふっきれたような顔を上げると、藤治郎の方に向き直り、両手をついた。

「お頭、お願いしたいことがございます」

「なんだ……言ってみろ」

藤治郎は、鷹揚《おうよう》な目で直次郎を見た。

「本日限りで暇《いとま》をいただきたいと思います」

「何……」

藤治郎の目が一転、険しくなった。

「ずいぶんとお世話になりましたが、屋台を出すぐらいの金は出来ました。私は、この仕事には向いてない、なぜならドジばかり踏んで迷惑かけてきましたから、ここらへんでしがない商人になろうかと……」

手をつき、俯いたまま請《こ》うた。

「冗談はよしな。おるいからおめえを預かったが、まだ一人前じゃあねえ。賭場のひとつも仕切れるようになるまで精進《しょうじん》しろ。勝手なことをしてみろ、三日の内におめえの命はねえぜ」

ドスのきいた声で藤治郎は叱りつけた。

「わっ……」

その時だった。数人の客の声が上がったと思ったら、同心と岡っ引の猫八、それに十数人の捕り方が入って来た。

「おとなしく縛《ばく》につけ！」

張り裂けそうな声を上げたのは、浦島亀之助だった。

わっと客たちが、賭場から走り出ようとする。

慌てて壺振りが二本の百目蠟燭の火を消した。ぐんと暗さが深くなったが、

「逃がすな！　容赦するな！」

猫八の声が飛ぶ。

藤治郎も金袋《かねぶくろ》を抱えて奥に消えていく。

「あいつを捕まえろ、今度は逃がすな！」

いつもの浦島とは違う、俊敏な動作で捕り方たちを指揮していく。

戸が破れて倒れ、盆茣蓙はひっくり返り、あちらこちらで、捕り方に押さえつけられた客も見える。

「わっ！」

奥の方で大きな声が上がったと思ったら、藤治郎が捕り方に刺股《さすまた》を突きつけられて、浦島の方に背を向けて押し戻されて来た。

「浦島の旦那……」

捕り方が向こうから声を上げると同時に、背後から浦島が打ちかかって藤治郎を引き倒した。

「猫八、縄だ！」

浦島の声が高らかに響いた。

賭場はがんどうで照らされていて、縄を打たれた客や藤治郎の手下たちが、背中を押されて連れ出されて行く。

直次郎は、その様子を息を殺して暗闇の物陰から睨んでいたが、捕り方たちの隙を見て、窓の外の屋根の上に飛び降りた。

「まだいたぞ！」

捕り方の声が飛ぶ。

「追え！」

という声を背に、直次郎は及び腰で屋根を伝い、どこかの家の庭の木に飛び移り、庭に下りると、今度はそこの木戸から表通りに走り出た。

直次郎は、暗闇を決死の思いで走る。

「あそこだ！」

背後から声が飛んできた。

どれほど走っただろうか。

直次郎は路地から路地に、行ったり戻ったり、また深川のあちらこちらを走りに走って、やがて息が切れて走れなくなった。

胸を押さえてよろよろと歩いているうちに、ある一軒の垣根《かきね》が半開きになっているのを見つけた。

追っ手から逃れて一息つきたかった直次郎は、前後周囲を見渡してから、そっと垣根を押して中に入った。

家の中からは、よわよわしい灯《あか》りが庭に流れている。

直次郎は、その灯りの切れた薄暗い場所の、つつじの株の側に腰を下ろした。胸が潰れそうに苦しい。しばらく息を整えていると、

「誰です?」

声とともに、手燭《てしょく》をかざした女が現れた。

その時、外を駆け走る音が聞こえてきた。直次郎は思わず身を縮《ちぢ》めて背を丸くした。

「誰かに追われているのですか……」

手燭の灯りが、直次郎に向けられた。その刹那、

「な、直次郎さん……」

驚きの声が上がった。その声を聞いて直次郎もびっくりした。

巴屋の女中の、おむらだと分かったからだ。

直次郎は顔を上げて、

「申し訳ありません。今しばらく、しばらくここに……ほんのしばらくでよろしいのです」

手をついて頭を下げた。

「やっぱり直次郎さんだったのね、いったいどうしてここに……」

おむらは、縁側から庭に下りようとしたのだが、あっとなって背後を振り返った。

障子が乱暴に開いて、おはつが縁側に出て来た。

「直次郎さん……夢じゃないのね」

驚きのあまり目を見開いて、おはつが縁側から庭に下りようとしたその時、

「どうしてここに入ってきた」

怒りの声とともに、巴屋の主、六兵衛が出て来た。

自分の意に沿わぬ厄介な娘とはいえ、六兵衛はおはつの身を案じて、時折様子を見にやって来ているのだ。

「旦那様……」

直次郎は平身低頭《へいしんていとう》した。

するとと六兵衛は縁側から飛び降りてきて、直次郎の首根っこを掴んだ。

「お前は、お前は、わしの知らぬ間に、ここに忍び込んで来ていたのか」

薄闇《うすやみ》に六兵衛の顔は鬼のように見える。直次郎は鬼の目に訴えるように言った。

「いいえ、私はこちらがお店のものだとは知らなかったのです。人に追われて、走り込んだら……」

「嘘をつけ」

六兵衛は、ぎりぎりと直次郎の首を絞めながら、

「お前が、お前がおはつに横恋慕《よこれんぼ》をしなかったら、今頃おはつは幸せに暮らしていたんだ」

「ううっ」

直次郎は首に手をやるが、六兵衛の手の力は緩む気配はない。

「お前が、手代の身分をわきまえてくれていたら、おはつが不幸になることはなかったのだ。娘の一生を台無しにして……目を掛けてやっていたのに、お前は……」

六兵衛の怒りは締め上げるだけでは消える筈もない。力一杯、締めながら前後に激しく揺さぶった。

「だ、だんな……さ、ま……」

直次郎は気を失いかけていた。

――私の一生はこんなことで終わってしまうのか……。

意識が薄れていく中で、直次郎は無念の思いで震えていた。

一瞬、母の顔がよぎった。

「直次郎……直次郎……」

母の声が聞こえる。母は泣いている。ああ、おっかさん、おっかさん、ごめんよ……すまねえ、ただのひとつも親孝行しないうちに、こんなことになってしまって……せめて、せめて、おっかさんに会いた……かった……。

もう頭はぼんやりしている。息も切れそうだ。そう思った瞬間、なぜか涙が溢《あふ》れてきた。

「おとっつぁん、止めて！」

おはつが縁側から下りて来て、首を絞めている父親に体当たりした。

もんどり打って、六兵衛も直次郎も庭に転げた。

「旦那様、直次郎さんが言ったことは本当ですよ、ここに忍んで来たことなんてありませんよ。私の命に代えても申し上げます」

おむらが興奮した声を上げた。

わっとおはつが両手で顔を押さえて泣き崩れた。

「出て行け、出て行ってくれ！」

六兵衛の怒声が直次郎を刺す。

「おとっつぁん、止めて……」

おはつは叫んだが、突然咳《せ》き込みだした。おはつは胸を押さえて苦しそうだ。

「お嬢様」

おむらが慌てて、おはつを抱き上げ、家の中に入れた。

「直次郎さん、行かないで……」

おむらに体を預けながらも、おはつは手を直次郎の方に振って伝える。

「おはつ、おはつ」

六兵衛も慌てて、部屋に入って行く。

立ち去るに立ち去れない。おはつの事が案じられて立ち尽くす直次郎に、おむらが出て来て手招きをした。

「旦那様のお許しが出ました」

直次郎は部屋の中に入った。そこにはもう六兵衛の姿はなかった。

娘と手代が心通わす光景など見たくないということだろう。

「おはつさん、お嬢さん……」

枕元に座って呼びかけた直次郎に、おはつは手を伸ばして、

「私、病気を治して、直次郎さんの故郷に行くつもりでした。まさかこの江戸で暮らしていたなんて……」

おはつは泣き出す。

「お嬢さん、申し訳ない。実はこの江戸を発った日に、有り金全部掏られてしまったんです。旦那様に故郷に帰ると約束していたのに、それが出来ずにずるずると居残っておりました。でも、やっと故郷に帰れる金が出来たんです。明日明後日《あさって》には江戸を発つつもりです。おはつさん、どうかお元気になって下さい。お元気になると約束して下さい」

直次郎は、おはつの手を握る。

おはつは、うっすらと笑みを見せた。

「私、きっと元気になってみせます。直次郎さん、約束しますから、私、元気になったら、直次郎さんをお訪ねしてもいいかしら」

おはつは熱い目で直次郎を見た。

直次郎は頷くと、

「私も約束します。しっかり働いて、一人前の男になって、おはつさんの元気な姿を待っています」

そう言ったが、どう考えても成就《じょうじゅ》することのない約束だ。これは絵空事だと分かっていながら、それでもこの約束は、この先、くじけそうになった時には、自分を鼓舞《こぶ》してくれるに違いない。直次郎はそう思った。

「ありがとう、直次郎さん……」

おはつはそう言うと目を閉じた。

「お薬が効いてきたようです。直次郎さん、台所で旦那様がお待ちです」

おむらは、直次郎を台所に促した。

叱られるのを承知で、直次郎は台所に向かった。

六兵衛は腕を組み、難しい顔で座って待っていた。

「申し訳ございませんでした。こちらにお住まいとは……知らぬこととはいえ、勝手に庭に入ってしまいましたこと、お詫び申し上げます」

直次郎は手をついた。

「お前、有り金を掏られたというのは本当なのかえ？」

六兵衛は険しい目を、じろりと向けた。

「本当です」

直次郎は金を掏られた時の状況を丁寧《ていねい》に説明し、暮らしの金をすぐにでも欲しかったため、賭場で下働きをしていたことも話した。

ただ、今夜捕り方に踏み込まれ、逃げて来たという話はしなかった。

六兵衛には、その賭場も既に辞しているのだが、当時知り合った者たちに追いかけられていたのだと告げた。

「ようやく田舎に帰る旅費と当座の暮らしの金はできまして、数日のうちに江戸を発とうと考えていたところでございます。ですから二度と、こちらに参ることはございません。ご安心下さいませ」

三年前に店を追い出された身分とはいえ、かつての主だ。主と奉公人の関係は、死ぬまで変わることはない。

直次郎は手代だった時と同様、言葉ひとつにも気を配り、旦那様との約束を平気で破って江戸に残っていたのではないのだと、六兵衛に誤解されないように訴えた。

つい先ほどまでは、この江戸で屋台でも出そうかと考えていたのだが、もはや江戸にとどまることは許されないだろうことは分かっている。

六兵衛は険しい顔で聞いていたが、手をついている直次郎を見下ろして言った。

「おはつの親として、お前を許すことはできないよ。お前がおはつに懸想《けそう》しなかったら、おはつもお前を慕うようなことはなかった筈だ。お前とのことがなければ、今頃おはつはわしが迎えた婿と幸せに暮らしていた筈だ」

「……」

直次郎は頭《こうべ》を垂れたまま、唇を嚙《か》んで聞いている。

「ただ、私も人の親だ。お前が有り金を掏られたという話は信じてやろう。ただし、今度こそ、今度こそ、この江戸から出て行っておくれ」

六兵衛は財布《さいふ》を取り出すと、一両の金を懐紙の上に載せ、直次郎の前に置いた。

「餞別《せんべつ》だ、ただし、これが最後だ」

六兵衛は立ち上がって、おはつの眠っている部屋に消えた。

直次郎は手をついたまま、しばらく小判を見詰めていた。その頭の中も胸のうちも、六兵衛に対する恨みと恩とが交錯《こうさく》して火花を散らし、また、自身の不遇な人生を情けなく思い、激しい物が胸のほうから突き上げてくるのを感じていた。

やがて直次郎は、二の腕を目に当てて声を押し殺して泣いた。

部屋の隅で案じ顔で見ていたおむらも、袖《そで》で涙を押さえていた。

七

丁度《ちょうど》その頃、千鶴は蛤町の横町に立っていた。目の前には地蔵がある。その地蔵から視線を奥に流すと、まず手前に蕎麦屋《そばや》があって、その三軒向こうに、だるまの絵を描いた軒行灯が掛かっている店がある。

そのだるまの店が、どうやら直次郎と懇意の女がいる店のようだ。

千鶴は、ひとつ大きく息を吸うと、その店に向かって足を向けた。

と、その時、背後から肩を叩かれた。

ぎょっとして振り向くと、圭之助が立っていた。

「圭之助さん！」

「菊池様のように剣術は出来ませんが、一人より二人のほうが相手に圧迫感を与えますからね。木偶《でく》の坊《ぼう》でも役に立つかもしれないとやって来ました」

圭之助はにこりと笑った。

千鶴は苦笑して頷くと、圭之助と連れ立ってだるまの店に入った。

薄暗い店だった。殺伐《さつばつ》とした雰囲気の店にお客は三人。背中を丸めて飲んでいる客が一人。襟を淫《みだ》らに抜き、男に愛想を振りまいている女に酌《しゃく》をさせている職人風の男が二人。この店は、いかにも場末の雰囲気だった。

「おるいさんて人はいますか？」

その女に千鶴が尋ねると、

「おるい……あたしがおるいだけど、あんたは誰なのさ」

女は立ち上がって、乳房が見えるほど開けていた襟を合わせた。厚化粧の顔に真っ赤な紅が薄闇の中にひときわ目立つ。

「私は桂千鶴という医者です」

「へえ……医者」

じろじろと見て、今度は圭之助に視線を投げると、

「この人は……」

真っ赤な紅を塗った唇が、圭之助に媚《こ》びた笑みを送っている。

「私も医者だ」

圭之助は、ぶっきらぼうに言った。

「へえ、医者二人があたしに何の用なのさ」

圭之助にへばりつくような目を向けて訊く。

「直次郎さんを捜しているんです。あなたと一緒にいるんじゃないかと思ってやって来たのです」

千鶴は言った。

「直さんはいないわよ。今日は帰って来ないと思うけど……」

にやりとおるいは笑って、今度は千鶴を見た。何を言っているんだ、この女はと……おるいの視線と物の言い方は、小馬鹿にした態度だ。

千鶴はかちんときた。

「賭場ですか……おるいさん、悪所で働くように勧めたのは、あなたなんです

ね」

強い口調で訊いた。

「なんなのよ、その物の言い方は……あんた何者なのよ、まさか直さんのこれ？」

小指を立てて卑屈に笑って、

「そんなことはないわよね。だってあの人、私の体にぞっこんなんだからさ……」

じろりじろり千鶴を眺めてから、

「いい……直さんはお金を掏られて困っていたんですよ。それで私が直さんの働き口を紹介してやったってわけ……」

おるいは嵩《かさ》にかかった物言いをした。

「おるいさん、直次郎さんは巴屋の手代をしていた人ですよ。何もいきなり博打場を勧めなくてもよかったでしょうに」

千鶴は厳しい口調で言った。

「千鶴さん……」

圭之助は心配して千鶴の袖を引っ張ったが、今度はおるいが噛みついた。

「あのね、私は、直さんにお腹が痛くて苦しんでいる時に助けてもらった女なのよ、それが縁で直さんは私を頼ってきたんです。一文も無いって言うし、だけどすぐに良い働き口がある訳ないでしょう。あの人も自棄《やけ》になっていましたからね。だって店を追い出されてさ。お嬢さんだかなんだか知らないけど、引き離されて、その上お金を掏られて、つくづく生きていくのも嫌になっていたんですよ。だから私も、ここに飲みに来るお客さんの中に博打好きの人がいたから、その人に頼み込んで話をつけてもらったんです。直さんも納得ずくの話なんだから……」

その時だった。表の戸が乱暴に開いたと思ったら、顔を紫に腫《は》らした直次郎が、険しい顔で入って来たのだ。

「直さん、誰にやられたのさ。傷だらけじゃないの」

おるいが走り寄るが、直次郎は邪険《じゃけん》に突き返し、

「また踏み込まれたんだ。頭は捕まった。私はやっとの思いで逃げて来たんだ。傷はその時、暗闇で受けたものだ。誰にやられたのか分かるわけないだろ。おるい、お前さんとはこれでお別れだ」

そう言うと店の外に出て行った。

「待って、あんた……」

縋るおるいに、

「お前には世話になった……ある時までそう思っていたが、私の大切な金を掏り盗ったのはお前さんだと気付いていたんだ。これも運命かとお前に従ってきたが、もういい加減にしてくれ」

怒りを含んだ声で睨むと、おるいは息を詰めたような顔でそこに立ちすくんだ。直次郎はおるいに背を向けると見向きもせず去って行く。

千鶴は圭之助に頷くと、すぐに直次郎を追いかけた。

直次郎は背を丸めてずんずん歩いて行く。

「待って、直次郎さん。おはつさんのことで、話しておきたいことがあります」

追いかけながら千鶴は呼んだ。

すると、直次郎は足を止めて振り向いた。

「私のことを覚えていますよね」

千鶴の問いかけに、直次郎は頷いた。しるこ屋でのことを思いだしたようだ。

「私はおはつさんの病を診ている医者の桂千鶴という者です」

歩み寄って告げた言葉に、直次郎は驚いたようだった。

「おはつさんの病は重いのでしょうか。江戸を出ると旦那様に誓いましたが、おはつさんの病が気になって……」

深刻な顔で言う。

「千鶴さん、ここではなんだ」

圭之助が、すぐそこにある蕎麦屋を示して、三人はその店に入った。

「あっ、もう半刻ほどでお店を閉めますが、よろしいでしょうか？」

若い女が出て来て言う。

「話をするだけだ。酒もいらない。そうだ、何も注文しない訳にはいかないだろうから、蕎麦だけいただこうか」

圭之助は言った。


「そうでしたか、会ったのですか、おはつさんに……」

四半刻後、千鶴は直次郎から、賭場から逃げて忍び込んだ家で六兵衛とおはつに会ったことを知らされた。

「誓って、知っていて忍び込んだのではありません。あの別宅は、私が店を辞したあとで建てた物です」

直次郎は弁解した。もしも巴屋の別宅だと知っていれば、忍び入ることはしなかった、とも直次郎は付け加えた。神妙な顔だった。

千鶴は直次郎が嘘をついているとは思えなかった。

あのしるこ屋で見た直次郎と同一人物とは思えなかった。

直次郎は賭場の頭に暇乞《いとまご》いをしたことで、すっぱりと悪縁を切り、元の直次郎に戻ったに違いない。

千鶴は、直次郎の現状を知った上で、おはつに話すつもりでいたのだが、もうその必要は無くなった訳だ。

千鶴がそのことを直次郎に話すと、

「いえ、実は、賭場の手入れが行われ、追われてあの家の庭に入り込んだことはおはつさんにも旦那様にも話していません。話せなかったんです。そんなことを話したら、おはつさんがどれほど落胆《らくたん》されるか……いえ、それよりも、おはつさんの体が心配で……後ろ髪を引かれる思いで別れて参りました。先生、教えて下さいますか、おはつさんの病状を……」

直次郎は必死の顔で千鶴を見た。

「おはつさんの病は、肺の病です。私の所見では、かなり重いです」

見詰めた直次郎の顔が曇る。

「でも、治らない病気ではありません。一番良くないのは心を悩ますこと、心に打撃を受けることです。心を平穏に保ち、滋養のある物を食すことが大切です。これまでおはつさんは、あなたとのことで心を病み、病が治らなくても良いと投げやりな暮らしをしてきたようです。でもあなたの話では、元気になると約束したということですから、その約束を励みによく養生すれば治ると信じています」

直次郎は頷いて聞いている。

「本当は、あなたが近くにいて、励ましてやった方が良いのですが、故郷に帰るのですね」

千鶴は尋ねた。

「はい、一度帰ります。私も先生のおっしゃるように、おはつさんが元気になるのを見守りたいのですが、旦那様はお許しにならないと存じます。そうなると、おはつさんの心をますます悩ませることになると思いますので……」

直次郎はそう告げると、故郷の実家の話をしてくれた。

直次郎の実家は備前国《びぜんのくに》にある。両親は楮《こうぞ》、三椏《みつまた》を育て、紙を漉いている。

兄夫婦が跡を継いで手伝っているが、楽な暮らしが望める訳ではない。

紙は勝手に販売することは出来ないのだ。全て藩の会所が買い取るという専売品となっているからだ。

直次郎が十三歳で国を出て、巴屋に奉公したのは、そういう事情があったのだ。

「これを機会に、一度実家に帰って両親の顔を見てこようと思っています。そして、紙商人をめざそうと考えています。会所にもおさめられない粗悪な紙があるのですが、そんな紙でも、下々《しもじも》の者にとっては貴重です。藩庁もそんな紙まで目を光らせている訳ではありませんから、私はその紙で商ってみたいと思っています……先生、私は、旦那様に認めてもらえる商人になる、そう決めております。誰もが認める商人になったなら、おはつさんとのことも認めて下さるのではないかと……」

直次郎は熱く語った。

八

「もう直次郎さんは故郷に着いた頃ですね」

お竹は、診察室の掃除の手を止めて、千鶴に言った。

千鶴は頷いて、外に目をやった。

庭にはみんなで作った七夕《たなばた》飾りが風に靡《なび》いている。

直次郎が帰郷する前日、千鶴たちはここで送別の会をしてあげた。

力之助も五郎政も参加しての賑やかなものとなり、直次郎は涙を流して喜んでいた。

「直次郎さんが商う紙を、この診療所でも使わせていただきますから」

千鶴は励ました。

千鶴はその後、六兵衛に会っている。

そして直次郎の真摯《しんし》な決心を伝えている。

「先生、本当にそのような男になってくれるなら、私は何も申しません。おはつも今更、他の男に嫁ぐ気持ちはないと思いますし、また、あの体では縁談が持ち込まれることもないと思います」

六兵衛はそう言ってくれたのだ。

「なんだか楽しみが出来ましたね」

お道も期待しているようだ。

「た、た、大変だ、先生、千鶴先生！」

賑やかに猫八が入って来た。

「なんですか、そんなに慌てて」

千鶴は笑って猫八の顔を見た。

「朗報です、先生。ついに旦那がやりました。一月前に藤治郎という胴元に縄を打った話はしましたよね。その頭に遠島《えんとう》が言い渡されました。旦那は上役からお褒《ほ》めの言葉を頂きやしてね、金一封を頂戴したんです。これで定中役脱出、定町廻りになれるかもしれません」

猫八は、感極まって泣き出した。

するとお道が言った。

「一度のお手柄でお役替えになるのかしら……猫八さん、泣くのは、定町廻りを拝命してからにしたらどうかしら」

「またまた、おみ、おみ、お道っちゃんのいじわるが始まった」

泣くのを中断して、猫八がお道を睨むが、

「でも、お手柄はお手柄ですものね、おめでとうございます。それもこれも、猫八さんという凄腕《すごうで》の人の助力があってのこと、ね、猫八さん」

にこりとお道が笑みを見せると、

「お道っちゃん、ありがとう」

猫八は、涙を拭いて胸を張った。

一同、噴き出したのは、言うまでもない。

第二話　野分《のわき》

一

日盛りは過ぎたようだ。

日ごとに風を涼しく感じるようになったある日、御府内は今朝のひととき雨にみまわれた。

賑やかな大通りは別にして、整備出来ていない町外れの道や横町の道などには、水たまりが出来ている。

「ああ、おっと、危ない危ない……」

お道は、水たまりを避けて、ぴょんぴょんと飛ぶように歩きながら、亀井《かめい》町《ちょう》の路地を行く。

馬喰町《ばくろちょう》の宿の主に薬を届けに来た帰りだった。傘はもう畳んで手にあるが、周りの景色も空気も、まだ湿っていて、ようやく薄日が差してきたところだった。

「わあっ」

路地を出て大通りに出た時だった。子供の叫び声が聞こえた。

何事かと視線を投げると、数間向こうで男の子が雨上がりの道に倒されていて、数人の同じ年頃の男の子たちが棒でつっついたり、足で蹴ったりしている。

一番大柄の男の子が、両腰に手をやり、侮蔑《ぶべつ》の笑みを見せながら、

「お前のしじみなんて、泥臭くって食えねえや、やい、二度とこの辺りに来るんじゃねえ！」

脅している。

――しじみ……？

よく見ると、倒れた男の子の側には籠《かご》が転がっていて、まわりにはしじみが散乱している。

お道は走って行って、大柄の男の子に怒鳴った。

「何をしているの！……あんたたち、番屋に突き出すよ！」

「悪いのは、こいつだぜ」

大柄の男の子が言った。

「何があったか知らないけど、よってたかって虐《いじ》めて、それだけでもあんたたちが悪いのよ。しかも、しじみがまあ、こんなになってしまって、拾いなさい！」

お道は、散乱しているしじみを、ぐいっと指した。

「冗談じゃねえぜ、俺たちゃ悪くないんだよ。生意気な顔して、俺たちの町で売り歩いているからさ、挨拶《あいさつ》があってもいいんじゃねえかと言っただけだよ。そしたらこいつ、俺たちを無視して通り過ぎようとしたんだ。生意気だ！」

なあっと、大柄の男の子は仲間に同意するように顔を向けた。ほかの男の子たちは、お道の顔をちらと見て、もじもじしている。

「何が挨拶しろよ、えらそうに……悪いのはみんなあんた、しじみを拾え！」

お道は、頭にきて命令した。

「ちっ、へんな姉さんだ。おい、行こうぜ」

流石《さすが》に分が悪いとみたか、大柄の男の子は友達と一方へ行こうとする。その腕をむんずとお道は摑んで、

「どこの子？……おとっつぁんの名前と住まいを言いなさい！」

ぎゅっと締め上げる。

「痛いよ、おばさん……」

「おばさん……何言ってるのよ、今尋ねたことに答えなさい！」

大柄の男の子は観念したか、ぼそぼそと応えた。

「そこの、長屋の者だよ。おとっつぁんは桶《おけ》職人だ。宇之助《うのすけ》っていうんだ」

「あんたは……あんたは……」

お道は、順々に訊いていく。みんな裏店《うらだな》住まいだと知ると、

「いい、みんなも裕福な暮らしをしているんじゃないでしょ。おとっつぁんも、おっかさんも懸命に働いて、あんたたちを養っているんじゃない。それは分かっているよね。まだ子供だからたいしてお手伝いは出来ないけど、両親が苦労しているのは知っている……」

お道はここで、みんなの顔を見渡した。

男の子たちは、慌てて目を伏せる。

「あのね、この子だってきっとそうなのよ。あんたたちと同じ。でもこの子は、そんな両親を助けるために、しじみを売っている。立派じゃないの。誰にでも出来ることじゃない。虐めるどころか励ましてやらなくちゃ……違う？」

またいじめっこたちの顔を見る。みんな顔を伏せたまま、こくんと頷《うなず》く。

お道は、大柄の男の子の腕を放すと、

「分かってくれたら、お姉さん、番屋に突き出したりしない。その代わり、この子にまず謝りなさい。そして散らばったしじみを、ぜぇんぶ拾って籠に入れなさい！」

お道は、素直になった子供たちに、内心ほっとしていた。いくら子供とはいえ、全員に襲われたらどうしようかと考えていたところだ。

いじめっこの男の子たちは、

「ごめん」

倒れて泥だらけになった男の子に謝った。

泥だらけの男の子も、こくんと頷いたが、その目は強く光っていて、意志の固さが窺《うかが》えた。継ぎの当たった着物が、他のどの子供の継ぎよりも目立っていて家の内情が知れる。だがこの子は利発な子だと、お道は思った。

ひとしきり子供たちは、競うようにしてしじみを集め、籠に入れた。

お道は籠の中を覗いて、

「一升五合はあるわね。よし、このしじみ、お姉さんが買ってあげる。いくら？」

すると男の子は、

「二十文でいいです。泥もついてしまったから」

と言う。相場は一升二十文ほどだということをお道は知っている。

実家の呉服問屋に暮らしていれば、しじみの値段など知りようもないのだが、今は桂治療院で勉強している千鶴の弟子だ。

患者の手当てを担《にな》う他に、女中のお竹の仕事だって手伝っている。

千鶴の弟子になってはじめて、お道は最下層に暮らす人々のことを知るようになったのだ。

お道は、五十文を男の子に渡すと、今度はいじめっこたちに命じた。

「両手の掌《てのひら》を出しなさい、お椀のようにして……」

お道は自分の両手で、お椀を作ってみせる。

いじめっこたちは、しぶしぶ手を出して掌をお椀のようにして差し出した。

お道は、その掌にしじみを入れた。

「みんなに分けてあげる。きれいに洗って、お味噌汁にしていただきなさい。いただく時に、自分たちがいじめた子のしじみなんだと、ひとつぶひとつぶ見てね、味わっていただきなさい」

一人一人にそう言い聞かせて、いじめっこたちを家に帰した。

そして残りのしじみを、お道は手ぬぐいを取り出して袋をつくり、そこに入れて、

「これは、お姉さんがいただくわね」

男の子に、にこりと笑ってみせた。

「ありがとうございました。おいらは馬喰町の裏店に住んでいる寅太《とらた》といいます。お姉さんのお名前を教えて下さい。親切にしていただいた方、温情を下さった方のお名前は、ちゃんとお尋ねして覚えておくこと。そしていつもそのことを思い出して感謝して暮らすこと……これは、おっかさんの教えです」

寅太という子は、真剣な顔でそう言った。

「まあ……」

お道は、寅太の顔を微笑《ほほえ》んで覗き、

「立派なおっかさんですね。寅太ちゃん、私はね、お道っていうの。どこに住んでいるかというと、寅太ちゃん、藍染橋知ってるでしょ」

寅太が頷くのを見て、

「その橋の袂《たもと》に、桂治療院ってあるのだけど、そこにいるのよ」

「えっ、治療院ですか……」

寅太の顔が一瞬驚いたようだった。

「だから、今後ね、しじみが売れ残ったら、桂治療院にいらっしゃい。お姉さんが買ってあげるから」

寅太は、ぺこりと頭を下げて、

「ありがとうございます。お道さん、ちゃんは付けなくていいです。寅太で良いのです」

ぽっと頬を染めて言った。


「おいしいしじみね」

千鶴は言って、お道を見た。

寅太から買ったしじみは、翌朝の膳にお竹が載せてくれたのだった。

「泥を抜くのが大変でした」

お竹も一口食べてから、満足げな顔で言う。

「でも、お道っちゃんの話を聞く限り、寅太って子は意志の強い子ね。大勢の子供たちに酷《ひど》い目に遭《あ》わされても、泣きもしなかったんでしょ」

千鶴が訊く。

「ええ、しっかりした子だなって思いました……ふふ」

思い出して笑うお道に、

「何よ、何を思い出し笑いしているのよ」

お竹が訊いた。

「だって私、これまで千鶴先生が危険も顧《かえり》みず、ちんぴらや悪い人たちに立ち向かっているところを見てきているでしょ。私もああなりたいものだと思っていたの。それが、相手は子供とはいえ、厳しく言い聞かせて反省させたってことが、なんだかとても良いことをしたんだなって心地よくって……」

お道は嬉しそうだ。

「お道っちゃん、駄目よ。千鶴先生は柔《やわら》も身に付けていて、小太刀《こだち》もおやりになる。でもお道っちゃん、そんな特技はなあんにも無いんだから、調子に乗って、今後なにかに首を突っ込んだりすれば、きっと大変なことになるんだから」

お竹は釘を刺す。

「もう、お竹さんたら……せっかく子供どうしのいざこざとはいえ、人助けしたといい気持ちだったのに……」

お道が頬を膨らませたものだから、千鶴とお竹は顔を見合わせて笑った。

「あら、玄関で声がしませんでした？」

お竹が、途中で笑いを止めて言った。

「ごめん下さい」

やはり声が玄関から聞こえてきた。

「お客さんだ」

立ち上がろうとしたお竹をお道は制して、玄関に出た。

「まあ、寅太じゃないの、どうしたの……しじみ、残っているの？」

深刻な顔で玄関に突っ立っている寅太を見て、お道は言った。

「お道さん、お願いがあって来ました」

寅太は、握りしめて来た銭を、お道の前に置いた。

「百文あります。しじみを売って貯めたお金です。これで妹の病気を診ていただけないでしょうか」

「妹って……病気なの？」

「はい、少し熱があります。顔にも体にもできものが出て……でも、貧乏で医者に診せるお金もなくて……そしたら昨日、お道さんが治療院にいると……おいら、この先、どんな事をしてでも銭を稼いで薬礼はお支払いします。お願いします。このままだと妹は死んでしまいます」

寅太は玄関の三和土《たたき》に手をついた。

「寅太……」

お道は三和土に下りると、寅太を立たせてから言った。

「待っていなさい、今先生に伺ってきますから……」

「お道っちゃん……」

だが呼びに行くまでもなく、千鶴が奥から出て来た。お竹も出て来る。

「その子が寅太ちゃんね」

千鶴は寅太に声を掛け、

「いつから妹さんは、そんなになったんですか?」

「赤いできものが出だしたのが二日前です。最初は顔に出て、今は全身に出ています。かゆがって、あっちこっち掻《か》いて傷だらけです」

千鶴は頷くと、

「妹さんの歳はいくつ?」

「七つです。たった一人の妹です」

寅太は、治療をしてもらいたくて必死に訴える。

「分かりました。今支度するから待ってて頂戴《ちょうだい》」

寅太に頷いてみせると、

「お道っちゃん、小柴胡《しょうさいこ》、白虎加人参《びゃっこかにんじん》、黄連《おうれん》などなど……塗り薬もね、子供ですから、良く診察して投与しますから」

お道に伝え、寅太の肩を大丈夫だよっと言うように、ぽんぽんと叩いてやった。

「ありがとうございます、ありがとう……」

突然、緊張がとれたように寅太は泣き出した。

お道がこれまで見てきた寅太とは違って、年相応のか弱い子供に見えた。

二

寅太の妹は、おちよと言った。

千鶴がお道と長屋を訪ねると、何も無い殺風景な部屋で、竹の皮のような薄い布団に寝かされた女の子が、顔を真っ赤にして寝ていた。

千鶴は、脈を診、舌を診、湿疹《しっしん》の出ている顔、頭部、体全体を調べ、更にその

湿疹を虫眼鏡で観察したのち、

「疱瘡《ほうそう》でも麻疹《ましん》でもないわね。私の所見では、これは水痘《すいとう》ですね」

横で助手をしているお道に、呟くように言った。

「水痘ですか……」

お道も、顔や腕や手に出来た湿疹を丁寧に診る。

「よく見ておきなさい。まずは熱があるようだから、熱をとる薬を飲ませて……

あとはかゆみ止めの塗り薬かな……」

千鶴は言って、じっと心配げに様子を見ている寅太に訊く。

「おとっつぁんか、おっかさんに話したいことがあるんだけど、何時《いつ》になったら

帰って来るのかしら……」

寅太は、もじもじしていたが、

「おとっつぁんはいません」

と俯《うつむ》いて言った。

千鶴とお道が顔を見合わせ、寅太に視線を戻すと、

「どこにいるのか、生きてるのか死んでるのかも分かりません」

表情の無い声で寅太は言う。

「おっかさんは、何時帰って来るの？」

今度はお道が訊くと、

「おっかさんは、帰ってきません」

悲しそうな顔で言った。

「じゃあ、二人で暮らしていたの？」

重ねてお道が訊くと、寅太はこくんと頷く。

「おっかさん……おっかさん……」

突然、おちよが泣き出した。

「兄ちゃん、おっかさんに会いたいよう。何時帰って来るの、兄ちゃん」

すると寅太は枕元に走り、おちよの手を取って、

「おっかさんは、しばらく遠くに行かなきゃならなくなったんだ。昨日も言ったろ……いいかおちよ、おちよが病気を治して元気になる頃には帰ってくるからな。だから先生の言うことをよく聞いて、早く病気を治すんだぜ」

頼りがいのある兄さんぶりだ。治療院の玄関で二の腕を目に当てて泣いていた寅太とは思えない姿である。

「困ったわね、長屋には子供たちが大勢いるから、ここに置いておくのはまずい

わね……」

千鶴が思案しているところに、長屋の女房二人が顔を出して、千鶴を手招きした。

千鶴は、湿疹に薬を塗るのをお道に頼んで、家の外に出た。

女房二人は千鶴を寅太が住む長屋の軒から離れた場所にひっぱってから、

「先生、おちよちゃんの病を診て下さってありがとうございます。先生は、あの有名な桂治療院の？」

まずは興味津々《しんしん》の問いかけをする。

「ええ、そうです」

千鶴が答えると、

「まさか、そんな立派な先生に診ていただけるなんて、おちよちゃんは幸せ者だよ。なにしろ、一丁目に藪医者《やぶいしゃ》がいるんだけどさ、そんな医者だって頼んでも来てくれなかったんですよ。銭がなけりゃあ行けないとかなんとか言ってさ」

太った背の低い女房が怒りをぶちまけるように告げると、今度は痩せて背の高い女房が、

「それで、おちよちゃんの病気は何なんですか……まさか流行病《はやりやまい》じゃないでし

ょうね。いえね、それならそれで大家さんにも言って、なんとかしなくちゃって話していたんですよ。なにしろ父親も母親もいないんだから……」

困り顔で言う。

「両親はいったいどうしたっていうんですか……子供二人で暮らすなんて」

「それがさあ……」

いっそう声を潜《ひそ》めた背の低い女房は、

「父親は行方知れずなんです。そのうえ、母親のお夏《なつ》さんが、五日ほど前に人を傷つけて、お縄になっちまったんですよ」

驚くべき話をしてくれた。

寅太とおちよの父親は、名を与三郎《よさぶろう》といって腕の良い櫛《くし》職人だったが、幼なじみの借金の保証人になったのが運の尽き、その友達が亡くなって、借金返済は与三郎の肩にかかった。

借金取りが押し寄せて来るようになって、与三郎はある夜、家を出て行ったのだ。

「もう丸一年になるけど、一度もここに姿を見せたことはないんだから……」

痩せた女房がそう言うと、続きを太った女房が話した。

亭主がいなくなったお夏は、それから割のいいところに働きに出るようになった。

お夏は、はっきり言わなかったが、噂では金次第で体も提供するような店だと聞いている。

ところが、お夏は五日前に店の客を匕首《あいくち》で刺したという話で、この長屋には戻って来ていない。

詳しいことは大家さんが知っていると思うが、子供たちは両親を失って、それで寅太がしじみを売った金でなんとか暮らしていこうとしているのだと言うのであった。

「お夏さんのことは、まだはっきりどうなったのか、大番屋まで連れて行かれたのか分かっちゃいないから、子供たちには聞かせたくないんですよ。寅太には、きっと帰って来るよって慰めてやったんだが、あの子は、なにもかも分かっていると思うね」

太った女房は、そうしめくくった。

千鶴は、おちよの病気は水疱の疑いがあり、両親もいないのなら、いったん治療院に入ってもらって治療するしかないなと思った。

「おちょちゃんにも、長屋の皆さんにも、それが一番良いかと思いますので……」

女房二人は大きく頷いた。ほっとしたようだった。

「先生、寅太だけは長屋の者たちで世話をしますから……」

口を揃えて女房たちは言った。

「ここに来て二日目で、熱は引きましたか……」

桂治療院にある短期入院用の小部屋で、圭之助はおちよの病状を診ていたが、顔を上げて千鶴に言った。

「水疱ができて、かさぶたになったところもあります。子供が感染する三大疾病《しっぺい》と言われている水疱ですが、疱瘡や麻疹に比べれば治る病です。感染力も弱いですし……ただ、あの長屋に置いておけば、他の子供に感染させてしまいます。それでここに連れてきたのですが……」

圭之助は頷き、

「早期のその処置に賛成です。隔離《かくり》をやらないから感染者は増えるのです。薬はシーボルト先生直伝《じきでん》の？」

興味深そうな目で訊いた。

「いえ、先生から教わった薬は、全《すべ》てこの日本で手に入る訳ではありません。とはいえ、やはり材料は薬草やこの自然界にあるものです。漢方とそこは同じです。ですから様子を見ながら、熱を下げる薬や、炎症を抑える薬を飲ませました。幼い子供には気を使いますが、胃腸を壊すこともなかったようです」

千鶴は言った。

「いや、流石です。もう大丈夫でしょう」

圭之助はそう告げると、診察室の方に移動して行った。

「おちよちゃん、お粥《かゆ》なら食べられるでしょ」

千鶴が笑みを見せて、おちよの顔を覗くと、

「はい」

おちよはこくんと頷いた。

「待っていてね、すぐに用意しますからね」

千鶴が立ち上がって台所に向かおうとしたその時、

「先生、馬喰町の寅太がいる長屋の大家さんが見えました」

お道が知らせに来た。

千鶴は、お竹に粥を頼むと、玄関脇の来客用の小部屋に入った。

「これは、桂先生でございますか。私はあの裏店の大家の彦兵衛《ひこべえ》でございます。このたびは寅太兄妹《きょうだい》がお世話になりまして、お礼を申します」

彦兵衛は手をついた。白髪頭だが、まだ顔色は良く体格も良い。頼りがいのある大家に見えた。

おちよをここに連れて来た時には、大家に声を掛けようにも出かけていたのだ。なんでも板橋《いたばし》の先にある親戚《しんせき》に目出度《めでた》いことがあって、二、三日は泊まると言って出かけているのだと女房たちは話していた。

そこで千鶴は、時を争う病だから治療院に連れて行くが、帰宅したらこちらまで来てくれるようにと頼んでおいたのだ。

江戸の大家は、店子《たなこ》にとっては親も同然、また店子といえば子も同然、何事も店子については責任を負うのが大家だ。

店子が罪を犯した時には、大家も御奉行所に出頭などして、親のような役目を負わされるのだ。

このたびも、慌てて治療院にやって来たのは、大家としての責任と、店子である寅太の家を案じてのことだ。

「おちよちゃん、順調に回復していますよ」

千鶴はまず、おちよの病状を説明し、なぜ長屋に往診に行くことになったのかも告げた。

「そうでしたか、寅太が……いや、あの子はまだ十歳、奉公に出すとしても、通常なら二年ほど先の話です。ところが、家の中が次々と不幸に襲われて、可哀想《かわいそう》にしじみを売って小銭を稼いでいるのです」

彦兵衛は言って、扇子《せんす》を出してせわしく煽《あお》いだ。

「いや、もう季節は秋ですが、私のような年寄りは、早足で一町も歩くと汗ばんで……」

「大家さん、そこで、少し話を伺いたいのですが……」

千鶴が話を振ると、

「寅太とおちよの両親のことですな。いやはや、私も困っておりますよ」

そう言って、寅太の家の事情を掻い摘まんで話した。

父親が家を出て姿をくらましてから、母親のお夏は大変な目にあっている。借金取りは押しかけるし、だけど金はない。

お夏は、櫛職人だった与三郎の道具を全部売り払って借金返済に充《あ》てた。

しかしそれでも足りず、家の中の古びた道具まで売り払ったが、まだ完済できなかったのだ。

そこでお夏は、東両国の小料理屋に勤めるようになったのだという。

「『花《はな》の家《や》』という店です。まっ、その店は先生もお聞きになっていると思いますが、訳ありの店でした。お夏さんは承知で行ったんです……」

彦兵衛はため息をついてから、また話を継いだ。

ところがこのたび、お客を傷つけたということで、お縄になった。

彦兵衛が番屋に呼び出されて行った時には、お夏は私はやってないと言っていたので、そのうちに家に帰してくれるだろうと思っていた。

寅太にも、もうすぐおっかさんは帰ってくるよと慰めていたのだが、今日になって小伝馬町《こでんまちょう》に送られたと知らされた。

「お夏さんは、もう家には帰れなくなるかもしれません。寅太とおちよに、なんと説明すればよいのかと……」

彦兵衛は、扇子を仕舞《しま》うと、苦しげな顔で千鶴を見た。

「小伝馬町に入ったのは間違いありませんか」

千鶴は訊いた。

「はい、間違いございません。お夏さんが本当に罪を犯していたとなると、二人の子供をどうするのか、私も考えなければなりません。なんとも可哀想で……せめて父親の所在が分かればと思うのですが、それもさっぱりですからね」

じっと耳を傾けていた千鶴は、頷いて言った。

「事情は分かりました。大家さん、私、小伝馬町には少々つてもございます。どういう事件で入牢となったのか、訊いてみましょう。子供たちのこの先を決めるのは、それからにしてみてはいかがでしょうか」

大家の彦兵衛は、

「こんなに力になって下さるお医者を私は知りません。ありがとうございます」

平身低頭して帰って行った。

彦兵衛を見送ってからおちよの部屋を覗くと、おちよは粥を平らげたのか、盆の上の椀は空っぽだった。

「すごいじゃない、よく食べたわね、おちよちゃん」

千鶴が褒めると、

「先生、おちよが元気になったら、おっかさんが帰ってくるって、あんちゃんが教えてくれたんだよ。だからおちよは、たくさん食べたんだよ」

発疹《ほっしん》で赤くなった顔で、おちよは言った。

翌日千鶴は、小伝馬町の牢屋敷に向かった。

通常牢屋敷には本道《ほんどう》の医者が二人詰めていて、外科の医者は隔日《かくじつ》詰めることになっている。

ただ千鶴の場合は、西の牢にある女牢のみが担当で、しかも牢屋敷の役人から呼び出しがあった時だけ訪れている。

ところが今日は、千鶴の方から顔を出したものだから、

「千鶴先生、なんとなんと……」

などと言って牢屋同心の有田万之助《ありたまんのすけ》は迎えてくれたが、すぐに、

「いや、丁度良《ちょうど》かった。一人診てほしい女がいるんです。おすがって女ですがね、今朝方から腹が痛いと言い出しまして、腹痛ぐらいで先生をお呼びしたら申し訳ない。そこでおすがに、辛抱《しんぼう》しろと言っていたんですが、したたかな女だもんで——牢屋に繋《つな》がれていたって生きてる人間だ、見殺しにするのか——なんてうるさいものですから、先生にお願いに行こうかと考えていたところなんですよ」

苦笑して言った。

「私も、有田様に少しお聞きしたいことがあって参りました」

千鶴は、牢屋同心たちが待機している詰め所の片隅に有田を誘って座ると、お夏という女が昨日のうちに入牢となっている筈だが、と問うてみた。

「入っていますよ。北町《きたまち》の松尾《まつお》さんがお縄にした女です」

万之助はさらりと言った。

「罪状は？」

「まあ、状況から見れば傷害でしょうが、本人は大番屋に入れられた時からずっと自分はやってないんだと言い張っているようです。しかし、千鶴先生がどうしてお夏をご存じなんですか？」

万之助は、怪訝な顔をした。

「お夏さんの子供さんが水痘になってしまって、うちで預かっているんです」

「へえ、驚いた。まさかまさかの話ですね」

「治療にかこつけて、少し話を訊いてみたいのですが……」

千鶴が頼むと、万之助は困惑した顔で、

「バレると大変なことになります。私は知らなかったことにして下さい。治療の一環として話を訊く。それでよろしいですか」

渋々の顔だ。

なにしろ牢医師といえども、囚人と治療以外のことを話すのは許されていない。

漢方医などは、囚人など汚《け》れ《が》の極みだとして、診察といってもさわりもしない。鞘《さや》のこちらから病状を聞いて薬を出すだけだ。

だけど千鶴は、女囚の体にちゃんと触って診察する。そういう医師としての姿勢を牢屋同心たちも見てきているから、千鶴の意を無下《むげ》に断ることも出来ないのである。

「先生、ご苦労様です」

鍵役《かぎやく》の蜂谷吉之進《はちやよしのしん》は、千鶴に声を掛けると、すぐに獄舎《ごくしや》の鍵を握り、牢獄に案内した。

千鶴が女牢に向かう時には、この吉之進と万之助、それに牢獄内の当番所で待機している下男《しもおとこ》の重蔵《しげぞう》が付き添う。

他の医者ならそこまで厳重にしないのだが、千鶴は囚人を鞘の外に出して診察したり、時には自身が牢内に入ったりするものだから、牢獄の監視役にしてみれば、ひやひやものだ。何か事が起これば責任を問われる。それで三人が千鶴に付き添う形をとっている。

牢獄は当番所を挟んで西の牢と東の牢に分かれているのだが、女の牢は西口揚《あ》がり屋と呼ばれる牢舎があてがわれていた。ちなみに東口の揚がり屋には、遠島行きの囚人が入れられている。

まもなく千鶴たちは、西口揚がり屋の前の鞘土間《さやどま》に立った。

「先生、来てくれたんだね。早く診てやっておくれよ。よほど具合が悪いんだよ」

鞘の中から女囚の一人が声をあげた。

「おすが、出ろ!」

万之助が牢の中に呼びかけると、中年の女が髪振り乱して鞘の側まで出て来た。

下男の重蔵が、女牢の框台《かまちだい》に茣蓙《ござ》を引くと、吉之進が鍵を開けておすがを牢の外に出した。

千鶴はおすがの腹を探っていたが、

「何かに当たったのだと思いますね。お薬を出しておきますから飲んで下さい。

食事は控えめに……」

　とおすがに言った。

「先生、治るんだね？」

　不安で泣き出しそうに言う。

　したたかな女だと万之助は言っていたが、人間病で不安になると、誰しも幼児のようになるものだ。

　千鶴は、おすがの肩を叩いてやって牢の中に戻した。

「次、お夏！」

　万之助が呼んだ。

　すると、中に居た女囚たちは一斉に奥の隅っこに俯いて座っている女に視線を向けた。

　その女がどうやらお夏のようだった。色白で目鼻立ちのはっきりした女だった。

　お夏はふいに呼ばれて、ちょっとびっくりした顔を上げたが、

「お前も病持ちだろう、先生がついでに診て下さる。出てこい！」

　万之助に叱りつけられるように呼ばれて、お夏はおそるおそる鞘の外に出て来

た。

「右を下にして横になって……」

千鶴は、自分の方に向けて寝かせると、脈を取りながら、

「おちよちゃんを預かっていますよ」

お夏の耳に囁《ささや》いた。

「えっ」

お夏は驚いたようだったが、千鶴が、おちよは水痘だったこと、だがもう危険は脱したと伝えると、お夏は泣き出しそうな顔で、千鶴の手を握って頭を下げた。その握り方の強いことといったらない。子を案じる母の心を千鶴は察して胸が痛かった。

「寅太ちゃんはもちろん、長屋の人たちも案じていますよ。お夏さん、あなた、無罪だと言っているようですが、その言葉に嘘偽《いつわ》りはありませんね」

じっと見詰めると、お夏はきっと顔を上げて、

「私は甚五郎《じんごろう》さんを刺したりしていません。本当です。甚五郎さんは自分で自分の足を匕首で刺したんです。それなのに、私が刺したんだと訴えて……。私にはあの男の魂胆《こんたん》は分かっています。あの男は、甚五郎という男は、私を島送りにで

もして、自分の周りから消してしまいたかったんです」

声は小さいが厳しい口調で言った。

「何故《なぜ》？」

千鶴はじっと見る。

「甚五郎は、あの男は高利の金貸しです。お上に認められた金貸しではありません。亭主の友達の弥之助《やのすけ》という人は、あの男から商いの金を借りたんです。その時に、亭主は保証人になりました。ところがその借金が返せずに甚五郎に責められて弥之助さんは首をくくって死にました。借金は亭主の肩にかかってきたんです。次には亭主が甚五郎の責めを負うことになったんです。亭主はさまざま努力したのですが、苦しかったんでしょう。ある日姿を消してしまいました。私、ひょっとして亭主も死んでいるかもしれないって思っているんです。親子四人、貧しくても幸せに暮らしていたのに、今このように不幸せになったのは、全て甚五郎のせいだと思っています。許すものかと思っていたところ、私が働き始めた東両国の花の家に、甚五郎が現れたんです……」

お夏は、押し殺した声だが、順序立てて、しかも簡潔に話してくれた。

お夏は、甚五郎が店にやって来たことで肝《きも》を潰した。今度は自分が狙われたと思ったのだ。

案の定、甚五郎は二度目にやって来た時、小部屋に入った。そしてお夏に声が掛かったのだ。

花の家は食事を提供するだけでなく、客と酌婦《しゃくふ》とのお互いの了解があれば、密室で時を過ごすことが出来た。

しかしそれは酌婦との話であって、お夏は配膳と洗い場を任された者だったのだ。

だからお夏は、それまでにも客と特別な関係を持つことはなかった。それは女将《おかみ》も納得ずくだったのだ。

ところが甚五郎の場合は、女将に過分な金を握らせたのか、女将はお夏に、小部屋に行くよう言いつけたのだ。

お夏はすぐに断った。すると女将は、お客にはお夏自身が断るようにと、責任を転嫁《てんか》したのだ。

お夏は渋々小部屋に向かった。

果たして、小部屋で待っていた甚五郎は、俺の女になれ、暮らしはみてやるなどと言って、お夏に迫ってきた。

お夏は、甚五郎を突き放すと、

「私は、弥之助さんが亡くなったのも、うちの亭主が姿を消したのも、お前さんのせいじゃないかと思っているんですよ！」

甚五郎の顔を、ぐいと指してなじった。私まで好きにされてたまるかという怒りで一杯だった。

すると甚五郎は、その言葉を聞いた途端、鬼のような顔をして襲いかかって来た。

「先生……」

そこまで話すと、お夏は急に顔を強ばらせて千鶴を見つめ、話を続けた。

「もみ合っているうちに、甚五郎はとうとう匕首を出したんです」

「匕首を……」

千鶴は聞き返す。

千鶴の後ろで、背を向けて耳を立てていた万之助も吉之進も、顔を見合わせている。

この二人が千鶴の診察に背を向けているのは、診察は女の着物を割って体を診るので、遠慮しているのだ。

だが、何か不都合なこと、例えば囚人が千鶴を襲うとか、そういうことが起こらないとも限らないので、背中は向けていても、千鶴と囚人の話は聞き逃さない。

お夏は千鶴をまっすぐに見つめて言った。

「あの男は、匕首で脅して、自分の思い通りにしようとしたんです。以前から私に目をつけていたんだと言ったんです。いやらしい……私は咄嗟《とっさ》に甚五郎のあそこを蹴りました。すると甚五郎は、うっと息を止め、体を前屈《まえかが》みにしたんです。その時に、自分で自分の膝を刺したんです。私はその部屋から逃げ出しました。するとで、私の背を追っかけるように甚五郎の叫び声が聞こえてきました。『女将、その女を捕まえろ！』、刺されたって……人殺しだって……自分で刺したのに、私のせいにして、それで私はお縄になってしまったんです……」

お夏は、唇を嚙みしめた。

「密室で、見ていた者がいないのが致命傷ってことですね」

千鶴は言う。それではお夏の無実を証言してくれる者がいないじゃないかと思った。

「先生、私は、私はただささやかな幸せがあればいい。三度の御飯が食べられればそれでいい、そう思ってずっと暮らしてきたんです。夫もお人よしで、だから保証人になったんだと思います。そんな私たちに、何のバチが当たって、このようなことになってしまったのか……私が罪を認めれば島送りのようです。そうなれば命の保証はありません。この命は、二人の子供を育てるためのもの、無実なのに罰を受けることは出来ません。先生、どうか、どうか、お助け下さいませ」

千鶴の手を、また力一杯握った。

半刻後、千鶴は小伝馬町の牢屋敷を出た。

暗い気持ちだった。お夏が嘘をついているとは思えなかったが、それを証明するのは、同心でもない医師の千鶴には難しい。

千鶴はため息をついて、背後を振り返った。

門の外から牢屋敷を眺めると、三千坪の敷地に建つ牢屋敷の甍《いらか》は、裁きの行方を跳ね返すことなど不可能だと言わんばかりに、強大な圧迫感を感じさせる。

——しかし……。

お夏の話を聞き、子供たちにも関わった以上、口をつぐんで見過ごすことは出来ないと千鶴は思う。

千鶴は、牢屋敷を背にして歩き出した。

馬喰町の寅太が暮らす裏長屋に立ち寄ってみようと思ったのだ。長屋から水痘の患者が出ていないかも気になっていた。おちよだけで済めばよいが、他の子供に移ってはいないか、それも一度確かめなければ医師としては手落ちだ。

亀井町に入り、神田堀にかかった時、千鶴は堀の浅瀬で、腰を丸めて竹ざるで何かをすくい取っている寅太に気づいた。

しじみを獲《と》っているのだと思った。

千鶴は水際に近づいて、寅太を呼んだ。

「寅太ちゃん……」

「あっ、先生」

寅太は明るい顔で返事をすると、すぐに上がって来た。

「先生、おちよがとても元気になりました。ありがとうございます」

行儀良く頭を下げて礼を述べると、川岸に置いてあった籠の中を、千鶴に見せた。

「三升はあるよ、先生」

寅太は、鼻たかだかだ。

「ほんと、すごいわね」

「まっ、これで六十文は稼げるよ。先生のところにもお礼をしなくちゃならないし、おいら、お金を貯めて、櫛をつくる道具を買うんだ」

「へえ、櫛職人になるつもりなのね」

「おとっつぁんが帰って来た時に、びっくりさせてやるんだ」

無邪気な少年の顔で言う。

千鶴は、お夏に会って来たことは言わなかった。だが、寅太は急に暗い顔になると、

「先生、おっかさんが小伝馬町に送られたって聞いたけど、本当なの？」

千鶴の目に問う。

一瞬千鶴は迷ったが、頷いた。この子に嘘はつけないと思ったからだ。

「でもね、寅太ちゃん、おっかさんは何も悪くないって聞いているから、そのうちに帰って来ると先生は思っているの。だから気を落としたりしては駄目よ」

寅太の顔を覗く。寅太の顔は、千鶴の言葉を信じてよいのかどうかと迷っているようだった。

「先生も、あちらこちらに手をつくしてみるから……第一、寅太ちゃんが一番お

っかさんのことを知っているでしょ。過《あやま》ちを犯す人かどうか……人を傷つける人かどうか」

寅太は、こくんと頷いた。そしてきっと顔を上げると、

「おっかさんは、人を傷つけたりする人じゃねえ」

寅太は言った。そして、

「おちよは何も知りません。何も言わないでおこうと思います。でも先生、おいらには、本当のことを言って下さい、お願いします」

千鶴は頷いた。

二人はそれで神田堀を出た。

岸辺に萩の花が風に揺れ、すすきが穂を出している。

「もうすっかり秋ね……」

千鶴は呟きながら、並んで歩く寅太の横顔を見た。

寅太はすすきの穂が続く道の際に歩み寄り、一本すすきを手折《たお》ると、

「先生、おっかさんは月見団子《つきみだんご》を作るのが上手なんだぜ。おいらもおちよも手伝って……」

すすきの穂を見詰めていたが、

「許せねえ！」

　そのすすきを放り投げた。

三

「本当ですか……罪もねえ女を牢にぶちこむなんて許せねえや。やっぱり北町は駄目だな」

　千鶴の話を聞いた猫八は、お竹が出してあげた団子を口の中に詰め込みながら言った。

　浦島も負けじと団子を口に頬張《ほおば》りながら、

「北町の定町廻りの松尾？　ですか……」

　ちょっと考えたのち、

「知りませんな。名も知られてないような同心ですな。だから、なんでもいい、とにかく手柄を立てて、なんて根性でお夏って人を罪人に仕立て上げたんですな」

　分かった風な台詞《せりふ》を述べる。

するとお道が、くすくす笑って、

「なんだか、誰かさんに似ているような……」

浦島と猫八に向けて、人差し指をぐるぐる回す。

「お道っちゃん、そりゃあないだろ。こちとら、確かに手柄には遠いなさけねえ日々を送っておりやすが、無実の者をでっちあげて罪人にしたことはありませんぜ、そんな外道《げどう》非情なことはしねえよ、ねえ、先生」

とうとう千鶴に助けを求めた。

「そうね、お二人は少なくとも、私たち善良な人たちの味方、だから、それを見込んで今日は来ていただいたんです。折り入ってお願いしたいことがありまして……」

千鶴は、にこりと笑う。

「だよね、だよね……で、何でした、千鶴先生」

猫八は、指についた団子の粉を舐《な》めると、真剣な顔を向けた。

「他でもありません。今お話ししたお夏さんの事件です。北町の案件ということもあって、お二人にはやりにくいところもあるでしょうが、甚五郎って男は、いったいどういう人間なのか、それだけでも調べていただければ……いえ、危ないことをしなくてもいいんです。無理はしないで下さい」

いかがでしょうか、と千鶴は二人の顔を見た。

浦島と猫八は顔を見合わせて互いの心を探っていたようだが、次の瞬間、意が通じたか、決心した顔で大きく頷き合った。

「やってみましょう。どうせ我らは誰かの補佐役、それも今のところ何も命じられてはおりません。手持ち無沙汰《ぶさた》でした。いい機会です。この話、証拠が見付かってどんでん返しの結果、お夏が無罪になれば、私たちがどれほど有能な人間なのか知らしめることになりますからね」

浦島は胸を張った。

千鶴は、ほっとした。

菊池求馬が無役でぶらぶらしていた時には、何か問題が起こるたびに主になって動いてくれていたのだが、今その求馬は上方に赴任している。

「で、その甚五郎の住まいは分かっているんですか？」

浦島は訊く。

「お夏さんの話によれば、薬研堀《やげんぼり》だそうです。もぐりの金貸しですから看板も何も掛かってないようですが、軒に瓢箪《ひょうたん》が一つぶら下がっている家だと言っていました」

浦島は頷くと、猫八に目配せして立ち上がった。

するとそこへ、寅太が庭に駆け込んで来た。

「先生、おいら、誰かに狙われているんだ。深く笠を被って汚れた着物を着た男です。おいらのあとを尾けてくるんだ」

寅太は、青い顔で表の方を指した。

猫八がすぐさま表に駆けて行った。だがすぐに引き返して来る。

「誰もいませんでしたぜ」

千鶴に告げて、

「寅太というんだってな。大丈夫だ、誰もいなかった、安心しろ」

猫八は寅太の頭を撫でてやると、

「じゃあ、先生、私たちはこれで……」

浦島と連れ立って帰って行った。

すると寅太は、籠を千鶴の方に突き出して言った。

「先生、食べて下さい。今日はとびきり大きなのがとれたんです」

「じゃ、頂きます。いくらでしょう？」

「いえ、これは、おちよがお世話になっているお礼です」

寅太は頑とした態度で言った。これは自分の気持ちだという強い意志が見て取れる。

千鶴は苦笑すると、

「分かりました、頂きますね」

受け取って、お竹に渡した。

寅太は嬉しそうに頭を下げると、

「先生、おちよには会えますか？」

と言った。狙いはそのことだったようだ。

「いいですよ。会ってきなさい」

千鶴の言葉を聞いた寅太は、縁側に飛び上がると、奥の小部屋に走って行った。

「おちよ！……おちよ！」

寅太が妹を呼ぶ声が聞こえる。まもなく、

「あんちゃん、あんちゃん……」

おちよの泣き声が診察室まで聞こえてきた。

「よかったな、おちよ。よく頑張ったな。きっとおっかさんも帰ってくるから……」

幼い兄妹のやりとりを聞きながら、

「お道っちゃん、頼むわね」

千鶴は奥を目指して頼むと、急いで身支度を調《ととの》えて治療院を出た。

四

お夏が勤めていた東両国の小料理屋花の家は、元町《もとまち》の横町を入ったところに『即席料理』という軒提灯《のきぢょうちん》を掲げていた。

頃は七ツ（午後四時）、千鶴が店に入ると、まだ客はまばらで、床机《しょうぎ》も座敷もがらがらだった。

ざっと見た限り、板場の奥にも座敷があり、二階にも客を接待する部屋があるようだった。

「いらっしゃいませ」

奥から声が掛かったが、まもなく迎える夜の客に提供する料理の準備で、板場では板前の声や、それを受ける女たちの声が賑やかに交錯していた。

「何にいたしますか……」

お夏くらいの歳の女が出て来て言った。女は薄い肌色の地にくすんだ赤の縞模《しまも》様《よう》の着物を着ていて、紺《こん》の前垂《まえだ》れを掛けている。

酌婦というより、お夏が言っていた配膳係のようだった。

「ごめんなさい、食事はいいのです。少し話をお聞きしたくて……」

「なんでしょう?」

千鶴の問いかけに、女は怪訝な顔をした。

「こちらに、つい先日までお夏さんという人がいたと思うんだけど、あの人が本当に人を刺したのかどうか、当日の様子を知っている人がいればお聞きしたいと思いましてね」

千鶴は、女の掌に一朱金を置いた。

女の顔は強ばっている。千鶴にどう伝えてよいか思案しているようだったが、

「お待ちください、女将さんを呼んで参ります」

そう言って女は奥に引っ込んだ。

すぐに中年の女が出て来た。千鶴と言葉を交わす前に、既に怒りを額《ひたい》に表して

いた。

「いったい、なんの真似《まね》でございましょうか」

ひきつった顔で女将は、先ほど千鶴が注文を取りにきた女に渡した一朱金を、ぽんと千鶴の前に投げ置いた。

「お忙しいところをすみません。お夏さんのことで少し調べておりまして、当日、あの騒動を見ていた人はいないかと思いまして」

千鶴は平然として言った。

「見た者はいません。妙な話を持ち込まれては迷惑です。お帰りを……」

けんもほろろである。

「そうですか、女将さん、お夏さんは短い間とはいえ、こちらで働いていた人じゃありませんか。その人が騒動に巻き込まれた。密室で本当のことは分からないが、罪人となって裁かれようとしているんでしょう。仮にですよ、お夏さんが甚五郎という人の足を本当に刺していたとしても、女将として、心が痛まないものなのでしょうか。あんまり邪険な物の言い方をすると、あなたにも何か後ろめたいことがあるのかと思ってしまいますよ」

千鶴の言葉に、女将の顔は次第に青くなっていった。

「何か思い出したことがあれば教えてください。私は藍染橋の袂で治療院を開いている桂千鶴と申します」

千鶴は言い置いて、一朱の金を拾いあげると店を後にした。

――女将は嘘をついている……。

これではっきりした……と千鶴は思った。

後ろめたいことがあるから、ああいう態度に出るのだ。

確たる証拠を早急に摑まねば、お夏は厳しい詮議《せんぎ》や拷問《ごうもん》などを受けないとも限らない。

――それにしても……。

夕闇の迫る両国橋を、千鶴は焦る気持ちを抑えながら引き返す。

「お客さん……待って下さい」

橋の中程で、背後から呼ばれた気がして立ち止まった。往来する人は多い。誰が誰を呼んだのか分からないが、声の色に覚えがあった。先ほど訪ねた花の家で、注文を取りに出て来た女とよく似ていると思ったのだ。

果たして、人混みを分けてあの女が急ぎ足で追いかけて来た。

「お待ち下さい、お客さん」

女は千鶴に追いつくと、荒い息を収めるように胸を叩いて整えて、

「すみません」

苦笑してから、

「私、たった今、あの店辞めてきました」

と言ったのだ。

千鶴は目を丸くして女の顔を見た。

「女将さんがあなたさまに説明する言葉を聞いていて、もうあんな恐ろしい店で働くことは出来ないと思いました。いくら大金を摑まされたからといって、悪人を庇《かば》い、罪も無い奉公人を犠牲にするなんて許せません。この先だって何が起こるか……私だって何時お夏さんのような犠牲を強いられるか……」

一気に女はそう言ってから、

「すみません、私、のぶといいます。お夏さんと同じ仕事をしていました。配膳が主な仕事で、酌婦ではありません。お夏さんのこと、お話ししたいことがあります。私、お夏さんと甚五郎さんが居た隣のお客にお膳を運んでいて、見たんです。二人がもみ合うのを」

「おのぶさん……」

千鶴は思わずおのぶの手を取り、

「お夏さんは、刺してはいない、そうなんですね」

「はい、甚五郎さんはお夏さんに蹴られて、その拍子《ひょうし》に自分で刺したんです」

「そのこと、いざという時には証言して下さいますか？」

千鶴は念を押す。

「もちろんです。あの日のことは厳しく女将に口止めされていましたが、私はもう花の家の人間ではありません」

おのぶは、きっぱりと言った。


「あっ、出て来やしたぜ」

猫八は、横でうとうとしかけていた浦島の袖を引っ張った。

ここは薬研堀が真ん前に見える場所で、軒に瓢箪をぶら下げた家の差し向かいにある蕎麦屋の窓際だ。

そこに陣取って日がな一日、見張りをしながら蕎麦を食べたのは何度目か、浦島は満腹で居眠りを始めたところだった。

これまでに瓢箪をぶらさげた家に出入りしたのは、いかにもチンピラと思える目付きの悪い男が二人、肝心の甚五郎の姿はまだ見ていなかった。

ところがたった今、その家から甚五郎と思われる男が、先ほど家の中に入って行った男二人を従えて出て来たのだ。

甚五郎は、坊主頭だ。毛が一本も無い。人相風体《ふうてい》は、この蕎麦屋の夫婦から聞いているから間違いない。

甚五郎は、茶色に縞模様の着流し姿で、雪駄《せった》を鳴らしながら蕎麦屋の前を過ぎていく。

「旦那方、あの人ですよ、甚五郎は……」

蕎麦屋の女将が、浦島たちに近づいて来て言った。

甚五郎は、右足を少し引きずって歩いて行く。

お夏ともみ合った時に刺した傷は、まだ完全に治ってはいないようだ。

「旦那、行きやすぜ」

猫八は蕎麦の代金を女将に手渡すと、寝ぼけ眼《まなこ》の浦島の手を引っ張って表に出た。

「どうやら、金の取り立てに行くようだな」

猫八は言う。

先ほどの蕎麦屋で聞いたところでは、お客は結構来ているようだ。だが、甚五郎の厳しい取り立てに遭い、命を落とした者もいて、つい最近も甚五郎の家の前で「騙されるな、人殺しだ」とわめき散らしていた者もいるらしい。

供をしている二人の若い男も得体の知れない者のようで、時々蕎麦を注文しに店に来るようだが、恐ろしい顔をしていて、蕎麦屋の夫婦は、怖くて余計な会話はしたことがないのだと言っていた。

確かに、甚五郎も若い二人も人相が悪すぎて、胡散臭《うさんくさ》い者たちであろうことは察しがつく。

浦島たちは、どのような非道なやり口で貸した金を取り立てているのか、それを見届け、目に余るようなら、そこでお縄にするという考えだ。

浦島と猫八が尾けているとも知らず、甚五郎たちは米沢町を出ると、柳橋に向かった。

橋を渡ろうと足を掛けたその時、右手の方から深く笠を被った男が走り出て来て、甚五郎の前に立った。

「何者だ！」

甚五郎は、若い二人に庇われながら叫んだ。

三人を尾けている浦島と猫八も、びっくりして立ち止まる。

「旦那、寅太が言っていた不審な奴っていうのは、あいつの事だったのかもしれませんぜ……」

猫八が言った時、深く笠を被った男が、匕首を出して甚五郎に飛びかかった。

その男は無言だった。甚五郎と知っての襲撃だと思われた。

「野郎っ」

甚五郎たちはこの一撃を左右に飛び散るようにして避け、次の瞬間、若い二人は匕首を引き抜いていた。

「てめえ、誰だ！」

手下の一人が叫ぶと、深く笠を被った男はくぐもった笑いを見せたのち、

「甚五郎の罠《わな》に嵌《は》められて殺された、多くの亡者《もうじゃ》の使いだ！」

強い口調で言い放った。

「しゃらくせえ、殺せ、殺せ」

甚五郎が命じるより早く、若い二人は深く笠を被った男に斬りかかって行く。

男は、これを躱《かわ》すと、橋の袂から河岸地に走り下りて行った。

「追え、追え」

甚五郎は叫ぶ。

「猫八！」

浦島が猫八を促した。

「ぴーっ」

猫八はすぐに呼び子笛を出して吹く。呼び子笛の緊迫した音は、辺り一帯に響いていく。

すると、深く笠を被った男も甚五郎も、ぎょっとして立ち止まった。

次の瞬間、匕首を仕舞うと、男は右手の茅《かや》が靡《なび》く草むらに走って行った。

「猫八」

浦島の声を聞くまでもなく、猫八は男を追って、茅の群生している方に向かった。

「よし……」

浦島は独りごちた。

甚五郎の住処《すみか》は分かっているが、深く笠を被った男の正体は摑めていない。猫八が突き止めてくれれば、新しい情報が得られる。

浦島は猫八が追って行くのを見届けてから、一方の甚五郎たちに視線を投げた。

だが甚五郎たち三人も、左手の河岸地に逃げて行く。

浦島が驚いたのは、甚五郎が足の痛みを忘れたように、猛然と走るのを見たからだった。

「甚五郎の奴め、お夏の処罰が決まるまで、受けた傷が深いと思わせるために、あのような歩き方を……」

舌打ちをして、浦島は甚五郎たちを見送った。

五

その頃、千鶴は横山町《よこやまちょう》一丁目の裏通りに住む、一人の婆さんを訪ねていた。

婆さんの名はおよね、甚五郎から借金して首を吊った弥之助の母親である。

弥之助の遺族を訪ねてみようと思ったのは、甚五郎をぐうの音《ね》も出ないように追い詰めるためだった。それには証拠の積み重ねが必要だと感じたからだ。

甚五郎を、完膚《かんぷ》なきまでやっつける証拠を提示すれば、北町奉行所のお裁きもまったく違ってくる筈だ。

小伝馬町にいったん入れられたお夏を救うためには、そこまで綿密にやらなければ勝つことは出来ない。花の家で働いていたおのぶの話だけでは、密室のことだけに覆《くつがえ》される恐れはある。

千鶴が弥之助の母親を訪ねようと思ったのは、そういう思惑だったのだ。

「弥之助さんのおっかさんの、およねさんですね」

土間に入った千鶴は婆さんに尋ねてみたが、およねというその母親は、板の間に股《また》を広げて座り、その股の真ん中にまな板を置いて袋詰めにしたものを棍棒《こんぼう》で叩いていた。

この、こんこんと間断《かんだん》なく叩く音は、千鶴が長屋の路地に入った時に、一番初めに耳にした音だった。なんの音かと思ったが、今その正体を見て分かった。

およねは、もぐさを作っているのだった。

千鶴も医者だから分かるが、乾かしたよもぎを叩いて叩いて、よもぎの葉を落とし、灰色の綿《わた》のような物を取り出すのだ。

およねが座る右手の箱には、乾かしたよもぎの葉が入っている。これから叩いて精製するのだ。

そして左側の小箱には、余分な物を取り払って出来た、もぐさが入っている。

「弥之助さんのおっかさんですね」

もう一度千鶴が尋ねると、およねはぶっきらぼうに、

「弥之助はいませんよ。死んじまったんだよ」

千鶴の方も見ずに言った。

およねは、もぐさを叩く手を止めることはない。

「およねさん、私は与三郎さんの知り合いの者で、桂という医者です」

棍棒の音に負けないような大きな声で告げると、およねは棍棒を振る手を止めて、千鶴の顔を見上げると言った。

「与三郎さんは、帰ってきたのかね」

先ほどのぶっきらぼうな表情とは違って、案じ顔になっている。

「いえ、行き方知れずのままです」

千鶴は上がり框に腰を据えた。

「そうですか……倅が借金をしたばかりに、迷惑かけちまって」

およねは、ぽつりと言い、

「倅は太物《ふともの》の担い売りをしていたんですよ。ところが仕入れの金が必要になりましてね、甚五郎から十両の金を借りたんです。ですが商いは思うようにはいかな

かったんです。仕入れた太物に不良品があったりして、品物は売れず、売れても叩かれて、予定していた金は手に入りませんでした。それで、返済が滞《とどこお》ったんです。そしたら甚五郎から矢の催促《さいそく》、毎日毎日ここにやって来て、殺すのなんのと大声を張り上げるんです。そんなある日、甚五郎から呼び出しがあったんです」

「呼び出しですか……」

千鶴は、およねの顔を見る。

「はい、使いの者が呼び出しの紙を持ってきたんです。弥之助はそれを読んで出かけて行きましたが、それっきり……帰ってこなくて心配していたら、翌朝近く空き地のある桜の木で首を吊っていたんです。でもね、私はいまだに信じられませんよ、あの子は私を置いて死ぬなんて考えはなかったはずです」

「およねさん、その呼び出しですが、その時貰った紙切れはありますか？」

千鶴は訊いた。

「ありますよ、口惜しくって、残しています」

およねは言った。

「見せて下さいませんか。実は今、与三郎さんのおかみさんのお夏さんが大変なことになっていましてね」

手短におよねに話すと、

「甚五郎のせいだ、あの男は悪党ですよ」

無表情に見えたおよねの顔が、急に嫌悪の色に染まった。

そして、よっこらしょっと言いながら、膝をひとつひとつ立てて立ち上がると、奥の部屋に置いてあるすすけた箱の中から、一枚の紙を取り出してきた。

千鶴は受け取って文面に目を通した。

――話をつけたい。今夜五ツ（午後八時）、待つ――

文字はそれだけだった。差し出した者の名も無かったが、甚五郎であるのは間違いなかった。

筆跡は調べれば分かることだ。

「ありがとう、預かっていきます。それと、もうひとつお聞きしたいのですが、弥之助さんが亡くなった時に、不審に感じたことがあれば教えて下さい」

千鶴は、呼び出しの紙切れを懐に入れながら訊いた。

「不審ですか……」

およねは少し考えていたが、

「確かに倅は首をくくって死んだことになっていますが、倅の遺体を診た玄庵《げんあん》とおっしゃる先生が、倅の首についている跡を見て、何度も頭をひねっていたんです」

「ちょっと待って、その玄庵先生とおっしゃるのは、米沢町のお医者で牢医師をなさっている方ではありませんか」

千鶴は驚いて訊いた。

米沢町の玄庵なら知らぬ仲ではない。一度、両国広小路にある水茶屋で話をしたことがある。

老齢だが実直な人で、あの時は伝兵衛《でんべえ》という男を溜《ため》に送ることに決めたという話だった。千鶴も関わった案件だった。

「そうです、牢屋敷の先生だと言っておりました。玄庵先生は倅の死に疑問を持ったようでした。私は玄庵先生の様子を見て、ますます倅は甚五郎に殺されたに違いないと思ったんです」

千鶴は頷いた。

「あいつを地獄に送れるなら、私は何でもやりますよ」

およねは、顔を赤く染めて、きっぱりと言った。

千鶴はそれでおよねの家を辞した。そしてその足で、弥之助が葬《ほうむ》られているという寺に行ってみた。

『万養寺《まんようじ》』という絵地図にも載らないような小さな寺で、墓地の片隅に弥之助の墓はあった。墓といっても、細長い石を置いただけのものだ。

今は無住寺《むじゆうじ》で、葬儀法要など必要な折には、他の寺から僧侶がやって来るのだという。廃《すた》れていくばかりの寺だが、貧しい者たちにとっては必要不可欠なものだ。

「!……」

千鶴は、白木《しらき》に弥之助と書かれた墓を見つけたが、竹筒《たけづつ》に野の花が供えられているのを見て、辺りを見渡した。

誰もいなかった。不気味なほど人の気配が無い。

およねが墓のことを話してくれた時、不自由な足になり、内職のもぐさ作りに忙しいこともあって、近頃はお参りに行けないのだと嘆いていた。

だから竹筒の花は、およねではないことは明らかだった。

――いったい誰が……。

千鶴は、白木の墓に手を合わせた。

万養寺を出た千鶴は、そのまま帰宅するつもりだったが、数歩歩いた所で踵《きびす》を返した。

疑問を抱えたまま治療院には帰れないと思ったのだ。幸い、今日は圭之助が診察をしてくれている。千鶴は思い切って、米沢町の玄庵の治療所を訪ねた。

百坪ほどの敷地に、『加納《かのう》玄庵・玄斉《げんさい》』という看板が掛けられていた。

治療所の方は倅に任せているのだと言っていたから、玄斉というのは息子の事だろうと察した。

玄関に入っておとないを入れた。

目に入ったのは玄関脇の待合《まちあい》だった。患者は三人、いずれも年寄りばかり、静かに順番を待っていた。

千鶴は、出て来た若い弟子に、玄庵に会いたいと申し入れた。すると、すぐに玄庵は出て来た。

「これはこれは、どうぞお上がりを……」

玄庵は嬉しそうに千鶴を迎えた。

玄庵は弟子に、美味しいお茶と羊羹《ようかん》も頼むぞ、この方はわしにとっては特別の方だ、などと冗談を言って玄関近くの一室に誘った。

「久しぶりですな、その節は大変世話になりました。千鶴先生のご活躍はお聞きしていますぞ」

玄庵は、はっはっと笑った。

弟子がお茶と団子を運んで来ると、

「羊羹はどうした？」

不機嫌な顔で弟子に訊く。

「切らしているようです」

さらりと言った弟子に、

「まったく、またわしの知らないうちに、盗み食いをした者がいるな。許せん」

などと言って千鶴を笑わせたが、千鶴の笑顔が硬いのに気づき、

「何か、わしに聞きたいことでもあって参られたのかの」

千鶴の顔を覗いた。

「はい、一年前のことですが、先生は弥之助という男の人の検視をなさったことを覚えていらっしゃいますでしょうか」

ゆきずりの検視だったなら忘れているかもしれないと思ったが、玄庵は、

「覚えている」

はっきりと言った。

「実は事件がらみの調べをしているのですが、亡くなった弥之助さんの母親に会ってきたんです。母親は自害をする筈がないと言っておりまして、息子さんが亡くなった時、遺体の検視をして下さった玄庵という先生も、首についている跡を見て、頭をひねっていたと言ったんです」

千鶴は、痩せて目のくぼんだ玄庵の顔を見つめた。

「うむ、そうじゃ、首を吊って死んだにしては、紐の跡が不自然だったのじゃ。わしは殺されたのではないかと思っていた。そこで、その場にいた役人に言ったのだが――弥之助は甚五郎から多額の金を借りていて、商いもうまくいかず、死んでしまいたいなどと口走っていた、そう証言する者がいる――などと言って、あっさり自死とされたんだが……」

玄庵は、淡々と説明したが、いまだに釈然としないようだった。

玄庵にはその後、なんの報告もなかったのだという。

「面倒なことを言う医者は遠ざけられたのだろうな」

玄庵は言った。

千鶴は礼を述べて辞した。

考えてみれば、この江戸で毎日どれほどの死人が出ているのか分からないが、相当数であることは間違いない。

そのひとつひとつについて役人が探索するとなると、両町奉行所の人員では手が回らないことは明白だ。

江戸で起こる事件を探索する役人は、これは両町奉行所とも同じ数だが、定町廻りが六人、隠密廻りが二人、そして臨時廻りが六人となっている。

江戸の人口は今や百万人を超えていて、各国の事情に通じる蘭学者《らんがくしゃ》が言うのには、江戸の街の人口は世界一だという。

百万人も住む江戸で、町奉行の、それも事件探索に直接携《たずさ》わる者が、両町合わせても三十人に満たないのだから、ひとつひとつ綿密《めんみつ》に探索などやっていられないというのが役所の気持ちだろう。

心中や入水死体だって、引き上げずに竹の竿《さお》で突きながら、江戸湾に流してしまう事もあるぐらいだ。

そうは言っても、たった一人の、かけがえのない家族を失った者にしてみれば、憤懣《ふんまん》やるかた無しと言ったところだろう。

思案しながら治療院に戻ってみると、待合に患者が溢れていた。

千鶴は、診察室に入った。

「あっ、先生、お久しぶりです」

大きな声を掛けてきたのは、おとみだった。また腰痛がぶりかえしてきたのか、お道に湿布をしてもらっている。

圭之助も診察していた顔を千鶴に向けると黙礼した。するとお道が、

「先生、浦島さんと猫八さんが来ていますよ。居間の方です。お竹さんが相手をしてくれています」

奥の方を視線で指した。

六

「先生、少し分かってきましたぜ」

猫八は、千鶴の顔を見るなり言った。浦島も、いつもとは違って引き締まった顔で千鶴に頷いた。

「私の方も収穫がありました」

まず千鶴が、おのぶの証言を得たことと、弥之助の母親に会ってきたことを話

すと、浦島が得意げな顔で告げた。

「いやはや、あの甚五郎という男は食わせ者ですよ。この世の中、金に困った者は数知れず、質草もないような者は途方に暮れます。甚五郎という男は、そこに目を付けたんですな。まっとうな金貸しからは借りられないような者ばかりを相手に高利の金を貸していました。その時には、弥之助と与三郎の話のように、必ず保証人を付けさせるんです。それだと、取りっぱぐれがありませんからね。それで後で騒動になった者は、弥之助や与三郎だけじゃない。借りた本人が姿をくらまし、保証人になったことで娘を女郎屋に売らなくてはならなくなった者もおりました。そうした者たちの恨みを考えると、外出途中の甚五郎を襲うような者が出てくるのも頷けます」

浦島はそう言って、家を出て来た甚五郎が、柳橋の手前で襲われたことを話した。

「深い笠を被った男ですか……」

千鶴は、ふと気になった。

「お気づきのことと思いますが、先日寅太が、尾けられたと言っていた男の風体によく似ているんです」

浦島は言う。すると猫八が言った。

「あっしが逃げて行く男の後を追いました。するとなんと、亀井町に無住寺があるんですが、そこに入っていったんです」

「猫八さん、その寺、万養寺とかいうのでは……」

千鶴は、まさかという顔で訊く。

「そうです、その通りです。近隣の者に聞きましたら、この半月ほど浮浪の者が住んでいるというのです。寺の外に出て来る時には、いつも深く笠を被っていて、顔を見た者はいませんでした。というより、関わりたくない、どう見ても、曰《いわ》くありげな男だと言っていやしたが……」

何か心当たりでもあるのですかと、猫八は訊く。

「あそこの墓地には弥之助さんの墓があります」

千鶴が言った。

「えっ、弥之助の墓が……」

「私、見てきたんです。ところが、その墓に花を供えている者がおりまして、母親でないとすれば誰なのかと、考えていたところです」

「妙だな……」

浦島は、首を傾げる。

「甚五郎は、あの笠の男が誰だかまだ気づいていないようだったが……千鶴先生」

思案の顔を浦島が千鶴に向けると、

「ひょっとして、与三郎さんが帰って来ているのかも……」

千鶴は呟く。

「ちょっと待って下せえよ。するってえと、なんで長屋に帰らねえんですかね」

猫八は言った。

「馬鹿、家に帰ってみろ、甚五郎の手下が取り立てに来るだろう」

浦島の言葉に千鶴は頷き、

「与三郎さんは甚五郎に復讐を考えているのかもしれません。だとすれば納得がいきますね。身を隠しているのはそのためかもしれない。寅太ちゃんのあとを尾けたのも、父親なら当然です。我が子と分かっていても、今は名乗れない、でも姿は見ていたい、そういうことかもしれません」

そうは言ったものの、千鶴の胸に疑念がない訳ではない。

第一、いくら甚五郎が悪党とはいえ、人を傷つければ罪に問われる。

「先生、もしあの男が与三郎としてですよ、女房のお夏が小伝馬町の牢屋に入れられていることを知っているのでしょうか」

浦島は思案顔だ。

確かに、それも分からないことのひとつだった。

お夏が小伝馬町に入れられていて、子供たちふたりの暮らしになっているというのに、自分まで人を傷つければ、子供たちは孤児になる危険もある。

「あの子たちの状態が分かっていれば、復讐決行の気持ちも鈍《にぶ》るのではないか。

子供たちを、これ以上不幸にしてはいけない……イチかバチか……」

千鶴の目は次第に険しくなって、

「今から呼出状を書きます。猫八さん、甚五郎の家に投げ込んで来てくれませんか」

膝を立てた。

「ちょっと待ってください。危ない真似は止したほうが……」

猫八は慌てた。

「五郎政さんにも手伝ってもらいます。そしてとどめは、町方の皆様にお願いしますから」

千鶴は立って診察室に向かった。

「旦那、見ましたか……女だてらに肝が据わってるじゃありやせんか」

猫八は嬉しそうに言う。

「馬鹿、危ないことだと分かっていて、黙って見ていられないよ。いいか、お前、千鶴先生が何も言わなくても、先生に気づかれぬようにそっと張り付いて、万が一危険なことが起こるようなら、すぐに私に知らせるんだ」

浦島は、同心然として意見する。

「旦那、千鶴先生は小太刀の名人だってこと忘れたんですか？」

猫八は、十手を刀にして、振り下ろす真似をする。

「名人は分かっているけど、女子《おなご》だぞ。あんな乱暴な奴らに勝てるか……危ないだろ？」

「だけども、千鶴先生が危険なら、旦那だったらもっと危険でしょうよ。旦那が駆けつけたって足手まといになるだけだって」

「こいつ」

拳骨を振り上げると、

「まあまあ、落ち着いて……分かりました。千鶴先生に悟られないように張り付きやす。ただし、危ないと思った時には、定町廻りの旦那か臨時廻りの旦那か、それに捕り方にも出張《でば》ってもらいやすよ。もちろん、旦那も来ていただいていいんですよ。手柄をみんな持っていかれては困りますからね」

二人でなんだかんだと言いながら待っている所に、表からお竹が駆け込んで来た。

お竹は、乱れた髪をなでつけながら二人に言った。

「なんだか、お天気が変ですよ。野分の前兆かもしれません」

お竹が言った通り、翌日になると風が強くなった。

治療院では急いで軒に干している薬草の束を台所の脇の板の間に入れたり、洗濯ものを取り入れたりと、慌ただしい日となった。

午前中の診察が終わる頃には雨が降ってきた。

「この様子じゃ野分が来ますね。先生、今日は往診を控えられたほうが良いのではありませんか」

お竹は道中を案じて言ったが、千鶴とお道は足元の濡れるのを防ぐために、裁《たっ》着袴《つけばかま》に下駄《げた》を履き、傘を差して治療院を出た。

往診は通油町《とおりあぶらちょう》の筆屋の亭主が足を骨折していて、今日は添え木を外す日であった。また同じ町内の煮売り屋の女将に、血の道の薬を渡す約束をしていたのだ。

それを終えると、千鶴はお道を治療院に帰し、一人で万養寺に向かった。

傷《いた》みの激しい門をくぐると、千鶴はまっすぐ庫裡《くり》に向かった。

台所の方に人の気配があり、薪《まき》を焚《た》く臭いがしている。

「ごめん下さい」

声を上げるが、返事が無い。急に辺りに緊張感が漂い始めた。

千鶴はもう一度、声を掛けた。しかしそれでも返事が無いので、

「私は桂治療院の医者です。そこにいるのは、与三郎さんではありませんか」

ずばり名を呼んだ。

すると、こちらに近づく足音がして戸が開いた。洗いざらしの衣服を着て、日焼けした顔の男が、険しい目で千鶴を見た。

「私、桂治療院の千鶴といいます。あなたは、寅太ちゃんと、おちよちゃんのお父さんの与三郎さんですね」

千鶴の問いかけに、男は戸惑いを一瞬見せたが、こくんと頷いた。

「やはりそうでしたか……」

千鶴はぐいと中に入った。

「おちよちゃんが水疸に罹《かか》りましてね、私の治療院で治療しています。まだかさぶたは残っていますが、もう大丈夫です」

「ありがとう存じます」

与三郎は、膝を揃えて頭を下げた。

「与三郎さんは先日、柳橋で甚五郎を襲ったそうですね。これは私の知り合いのお役人から聞いたんですが……」

問いかけたが、与三郎は千鶴がどんな用件でやって来たのか計りかねているようで、無言で俯いた。

「私は、おちよちゃんの病気を診ることになってから、あなたのご家族の不運を知ることになりました」

「倅も娘もお世話になりやして、ありがてえことです、申し訳ねえ」

「いいえ、そんなことはいいんですよ。私は医者です。病を治すのが仕事ですから……ただ、幼い子供ふたりが暮らしているのを目の当たりにして、放ってはおけないと思いましてね。そしたら母親のお夏さんが小伝馬町に入れられたと知りまして……」

「お夏が小伝馬町に……なぜですか、なぜお夏が牢屋に……」

与三郎は仰天《ぎょうてん》している。

背後の土間にある竈《かまど》で、御飯を炊いているのか、焦げた臭いがしてきた。

「いけねえ……」

与三郎は慌てて竈に走ると、鍋を下ろして、あちあち、などと言いながら蓋《ふた》を取っている。

千鶴はそれを眺めながら、上がり框に腰を下ろして、部屋の中を見渡した。

なんにもない部屋だった。なにしろ無住寺で人は常に住んでいないのだから当たり前といえばそうだが、この寺はいつまで持つのだろうかと、ふと思った。

「申し訳ありやせん」

与三郎は戻って来て座ると、改めて真剣な顔を向けた。

「私は牢屋敷の医師もしています。それで、お夏さんに会って話を聞いてきました」

お夏から聞いた話を与三郎にすると、

「あいつは、極悪人だ。先生、お夏は罪を着せられるのでしょうか」

甚五郎への怒りを露わにした。

「このままだとそうなるでしょう。そんなに時間はありません。だから私もなんとか出来ないかと急いでいるんです。ただ、働いていた花の家の同僚だった、おのぶさんという方が、本当のことを言っているのはお夏さんのほうだと言ってくれています。また、弥之助さんが自死した話についても、本当に自分で首を吊ったのか、私は、調べていたのです。そしたら、あなたが現れた。そして甚五郎を襲った。与三郎さん、あなた何か甚五郎の悪について確かな証拠を持っているのではありませんか。それを知りたくて、私ここに来てみたんです」

千鶴は言った。

与三郎は、千鶴が話し終えるのを待って、はっきりと言った。

「先生、弥之助は殺されたんです。自分で首をくくったんじゃねえ」

「与三郎さん……」

「先生、あっしは弥之助から言われていたんです。今に殺されるかもしれねえと……甚五郎から呼び出しがあった時も、もし殺されでもしたら、おめえに迷惑を掛けるなんて言っていたんだ。あっしはまさかと思っていたが、本当に殺されちまった。保証人になっていやしたから、借金の取り立てが怖くて江戸から逃げたんですが、一生逃げ続ける訳にはいかねえ、そう思って戻ってきやした。そして、あいつが弥之助を殺した証拠を摑んだら、復讐してやると思っていたんでさ」

きっと千鶴の顔を見る。

「見つけたんですね」

千鶴は訊く。

「へい、甚五郎が愛用していた煙管《きせる》を、弥之助が首を吊っていた木の下の草むらで見つけやした」

与三郎はそう言って、薄汚い手ぬぐいに包んだ物を、座敷の荷物の中から持って来ると、千鶴の前に置いた。

「ごらん下せえ、瓢簞の彫り物をほどこした煙管です」

千鶴は取り上げて眺める。見事な細工だった。

「奴は瓢簞が大好きで、弥之助が金を借りる時に、あっしもついて行ったんですが、その時、この煙管を自慢して見せてくれたんです」

千鶴は、静かな興奮を覚えていた。

——これで、追い詰めることができる。

そう思ったのだ。

だが、与三郎が握っていた証拠はまだあった。

「弥之助は、地方に仕入れに行くために金を借りたんです。あっしは話を聞いて、弥之助に印籠《いんろう》を作ってやったんです。それに薬を入れておけって言ってね、奴が成功するのを楽しみにしていやしたから……なんとその印籠を、あの野郎が腰に着けていたんです」

「甚五郎が……」

「へい、この間襲った時に、この目で見ていやす。奴は弥之助を殺して、あの印籠を自分の物にしたんです。あっしは櫛職人でしたが、時に他の物にも手を出して、仕事の幅を広げようとしていたんです。弥之助に作ってやったのは、そのうちのひとつ」

「ちょっと待って下さい。それだけの証拠があれば、町方も弥之助さんは殺されたのだと分かってくれたんじゃありませんか」

「いいや」

与三郎は、首を振った。

「あっしは北町に届けたんです。そしたら、今更なにを言っているんだと、忙しいから帰れって追い返されました。こんなに証拠があっても駄目なのかと、それなら自分で一矢報《いっしむく》いるほかはねえと、甚五郎を襲ったのはそういうことだったんです。先生、御奉行所もあっしら貧乏人の言うことなんて、かまっちゃあくれないってことですよ」

千鶴は頷いた。しかし、だからと言って泣き寝入りをすれば、それでお仕舞いだ。

「北が駄目なら南があります。それにお夏さんのことだってある。諦めては終りです。与三郎さん、どのような印籠だったのか教えて下さい」

近い日に甚五郎を呼び出している。その時に問い詰めてみたいと与三郎を促《うなが》すと、

「漆《うるし》をかけただけの印籠ですが、蓋の内側に与の字を彫っています」

与三郎は言った。

七

「先生、おやめください。まだ風も強くて、雨だって止んだ訳ではありません」

お道やお竹は、何度も出かけようとしている千鶴を止めた。

昨夜から今朝方にかけて、御府内は野分で荒れた。激しい雨と、強い風に見舞われた。その野分は、まだ完全に去ってはいない。

だが千鶴は、

「今日を逃しては、お夏さんを助けることはできません」

小袖に裁着袴を着け、その腰には小太刀を帯びて玄関に向かった。

なにしろ猫八に頼んで呼出状を送ったが、その期日が今日の四ツ（午前十時）と記してある。今日を逃せば、もうその機会はない。雨だ風だと言っていられないのだった。

「千鶴先生……」

千鶴が玄関に出ると、診察をしていた圭之助が出て来て、小さな袋を千鶴に渡した。

「役に立つかもしれない、薬玉《くすだま》です。これをぶつければ、相手は目を開けられなくなりますよ。昨夜《ゆうべ》作ってみました」

圭之助は、にやりと笑った。

「ありがとう」

千鶴は苦笑する。

するとそこに、五郎政が走り込んで来た。五郎政は、天秤棒《てんびんぼう》ほどの木刀を握っている。

「若先生、お供いたしやす。命に代えても若先生を守りやすから」

はっはっ、と五郎政は剛毅《ごうき》に笑う。

「まるで弁慶《べんけい》のようだけど……」

苦笑したお道に、

「『ようだけど』とは、お道っちゃんも口が悪いな。そのつもりでやってきたんだぜ」

胸を張ってみせてから、

「若先生、親分からこれを……」

と千鶴に渡した物は、こちらも小さな袋に入ったものだった。

「それはまさか、薬玉？」

お道が訊くと、五郎政は、

「お道っちゃん、どうして知ってるの」

驚いて訊く。お道は、圭之助を見てくすりと笑った。

「ご存じの通り、これは酔楽玉《すいらくだま》とも名付けた薬玉だぜ。これをぶつければ、相手は目を開けられないそうです。ふっふっ、ゆんべ親分と二人で、唐辛子《とうがらし》をたっぷり擦《す》って入れてありますから……ほら、あっしも持ってますぜ。まっ、こんな物を使わなくても、あっしがついて行けば鬼に金棒《かなぼう》ってところでしょう」

「はいはい分かりました。お気を付けて行ってらっしゃい」

お道の声に送られて、千鶴と五郎政は、お竹が用意してくれた合羽《かっぱ》を肩に掛け、笠を被って治療院を出た。

やはり風はまだ残っていた。雨粒もぱらぱらと落ちている。

人通りはなく野分で荒れた景色の中を、二人は弥之助が自死していた空き地に向かった。

治療院から半丁ほど歩いたところだろうか、物陰からすっと男が現れた。

「誰だ！」

驚いたのは五郎政だった。

「先生、あっしもお供させて下さい」

近づいて与三郎が頭を下げる。

千鶴が五郎政に説明し、三人は空き地に向かった。

「なんだ、若先生、誰も来ていやせんぜ」

五郎政は、茅の茂った空き地を見渡す。その空き地に枝を広げている一本の桜の木が、弥之助が首をくくったとされる木であった。

その木の辺りにも誰も居ない。千鶴が呼出状に指定した場所は、その桜の木の下だったのだ。

怖《お》じ気《け》づいたか、と思った瞬間、茅の群れの向こうから、三人の顔が見えた。

甚五郎と、その手下だった。

三人は茅を分けて千鶴に近づくと、

「ふん、桂千鶴とは、お前のことだな。弥之助を殺した証拠を持っているなどと世迷《よま》い言《ごと》を言って呼び出したのは！」

甚五郎が怒鳴った。

「やっぱり不安になったんですね。弥之助さんを殺したこと、お夏さんを小伝馬町に送るよう嘘偽りを並べてきたこと、甚五郎さん、全て証拠は握っています。自訴《じそ》したらいかがですか」

千鶴は、凛《りん》とした声を張り上げる。

「何が証拠だ、そんなものはねえ！」

甚五郎が叫んだその時、与三郎は笠を放り投げて叫んだ。

「甚五郎、弥之助を殺したのはお前だ！」

「うるせえ、殺せ！」

甚五郎が匕首を抜いた。同時に手下二人も匕首を引き抜いた。

千鶴は小太刀を構えた。使いたくないが、仕方が無い。峰《みね》を返して三人を睨んだ。

与三郎も匕首を手にした。そして五郎政は、木刀をぶんぶんと力一杯回してみせる。

「ふん」

甚五郎が冷たい笑いを送ってきたかと思ったら、次の瞬間、甚五郎たちは千鶴たちに襲いかかってきた。

傍らでは、五郎政が打ち合う声と、与三郎がつかみ合う声も聞こえている。

千鶴はそれらを耳朶《じだ》でとらえつつ、甚五郎と一太刀、もう一太刀交わしながら、ついに甚五郎の匕首を跳ね返した。

甚五郎の手元から、匕首が草むらに飛んで行った。

その隙を狙って、千鶴は虚を失った甚五郎の首元に小太刀の切っ先を当てた。

「もうお仕舞いですね」

がっくりと肩を落とした甚五郎を睨《ね》めつけながら、

「五郎政さん！」

縄を掛けてもらおうと呼んだが、声が返ってこない。

「与三郎さん！」

与三郎も呼んでも声がない。

――まさか……。

嫌な予感がしたそこに、猫八率いる捕り方たちが走って来た。

「先生、大丈夫でしたか」

猫八が言って、すばやく甚五郎に縄を掛けた。

「五郎政さん……」

千鶴は辺りを見渡した。

そうしたら草むらに、四人の男が、目をこすりながら這いずり回っているではないか。

千鶴は苦笑した。

薬玉を使ったのは良いが、敵も味方も目をやられてしまったようだ。

「ったく、ざまはねえや」

猫八は、声を上げて笑った。

「まったく、薬玉が効いたのはいいが、自分たちもやられてしまったなんて笑い話だぜ」

診察室で大声を上げているのは、手柄を立てたことになった猫八と浦島だ。

「ほんと、あの時、猫八さんが捕り方を連れて来てくれなかったら、どうなっていたことか……お陰でお夏さんは無罪となりました」

千鶴は言って、二人に頭を下げた。

「いやいや、これは千鶴先生のお手柄ですよ。私たち二人は、千鶴先生のお手伝いをしただけなんですから」

浦島は言う。

「皆さん、お茶が入りましたよ」

お竹とお道が、お茶と菓子を運んで来た。

「どうぞ、たくさん召し上がって下さいませ」

お竹が言うまでもなく、みんなお茶を飲み、菓子を口に入れる。

千鶴もお茶を手にして、庭に目をやった。

庭はすがすがしい空気に包まれている。

あれから甚五郎は、千鶴たちが提示したいくつもの証拠に反論できず、即刻小伝馬町に送られた。

牢屋同心の有田の話では、牢屋でも折檻《せっかん》されて泣き言を言っていたようだが、詮議している与力の話では、良くて遠島、斬首《ざんしゅ》もまぬがれないという話だ。

そして、お夏は無事無罪となって、今頃は牢屋敷を出て来る筈だ。

お夏を迎えるのは、もちろん与三郎と寅太とおちよ。どんな思いで夫婦親子が対面するのか、想像に難《かた》くない。

――今度こそ幸せを摑んでほしい。

そうよ、これまでは野分のまっただなかにいたのですもの。野分が晴れれば、どこもかしこも洗われて、新しい世界ですもの。

千鶴は、独りごちて、お茶を口に含んだ。

第三話　色なき風

一

千鶴がお道を連れて、京橋《きょうばし》にある茶問屋《ちゃどんや》『松屋《まつや》』からの緊急の往診を頼まれて訪ねてみると、一人娘のおふきが布団に寝かされていた。

おふきの顔色は良くなかった。白い肌がいっそう白くなり、いや青白いとさえ思えるほどで元気が無かった。

「主《あるじ》の庄右衛門《しょうえもん》でございます。本日はありがとうございます。昨日から娘は吐き気があるようでして、食事も進まないようです。無理やりこうして寝かして先生に往診をお願いした次第でございます。おふきは、たった一人の跡取り娘、これから婿を迎えて、この店をしっかり営んで貰わなくてはならないのです。おふきが元気になるのなら、どのような高価な薬もいといません。よろしくお願いいいたします」

おふきの父親は手をついた。丁寧で念の入った腰の折り方、言葉の使い方に、江戸で五本の指に入ると噂されている茶問屋の主らしさがにじみ出ている。

「ではのちほど……」

庄右衛門はそう言って、いったん部屋の外に出て店に向かった。

「吐き気があるんですね、お腹が痛いことは……」

千鶴は、脈を診ながら訊いた。

だが、おふきは顔を横に向けたまま、返事もしない。

「舌を見せて下さい」

と言っても応じない。

「診察は受けたくない、そういうことですか?」

千鶴は目も向けないおふきに尋ねた。

千鶴に向けた頬が、強い拒否を表している。唇も固く閉じて開きそうにない。

「先生……」

お道が、顔を顰《しか》めて千鶴を見た。お道の顔は、かちんときた時の顔だ。嫌というのなら、ほっといて帰りましょう、と言っている。

「じゃあ、お腹の方だけ診てみましょう」

千鶴が布団に手を掛けると、さっとおふきの手が伸びてきて、千鶴の手首を摑んだ。

「！……」

千鶴は、おふきの横顔を見た。微かに血の色が差し、困惑しているのが見てとれた。

「おふきさん、もしかしてお腹にお子が？」

千鶴は伸ばしていた手を引いて、おふきの横顔に問う。

「えっ、懐妊《かいにん》……」

お道は驚いた顔で、おふきを見た。

するとふいに、おふきは顔を仰向けて千鶴を見ると、こくんと頷いた。今にも泣き出しそうな顔をしている。

おふきはまだ結婚していない筈だ。先ほどの庄右衛門の話でも、これから婿を迎えてと言っていた筈――。

千鶴の胸の中は、途端に重苦しくなった。

「先生、おとっつぁんには内緒《ないしょ》で診ていただけませんか。懐妊しているかどうか

「……」

切羽詰《せっぱつ》まった表情でおふきは言う。先ほどまでとは打って変わった態度である。

「お子を、流すつもりなんですか?」

千鶴は小さな声で問うた。

「いいえ、もしお腹に赤ちゃんがいるのなら、産みます」

おふきは、きっぱりと言った。

「とにかく診てみましょう。おふきさんの体が第一ですからね」

千鶴は言葉を濁《にご》して、腹に手をやった。もう一度脈も診る。

お道も息を詰めて見守る中で、千鶴は診察を終え、

「三ヶ月目に入っているようですね」

そう告げると、おふきは大粒の涙をほろりと落とした。

「おふきさん、このようなことは、親に黙ってという訳にはいきませんよ。だってだんだんお腹は大きくなってきます。隠すことは出来ません。店の人たちにもご近所にも、みんなに知られてしまいます。産むと言っても一人では産めないんですから。元気な赤ちゃんを産むためには、滋養のあるものを食べて、日々の暮

らしにも気を付けて、家族の協力があってこそ出来るのです。また、産んだあと、育てなければなりませんよ。それだって、おふきさん一人で出来ることではないでしょう。産むなら産むで、お父さんにきちんと言って、協力してもらわなければ……」

　おふきは、体を起こした。そして腹に手を置いて、

「おとっつぁんはきっと無理やり流せと、そう言うに決まっています」

　千鶴を見た目には、強い意志が窺《うかが》える。

「それほどの決心をしているのなら尚更《なおさら》です。自分の口で、きっぱりとお話しなさい。私も医者として知らぬ顔など出来ません。お道っちゃん」

　千鶴はお道に頷いた。

　お道は立ち上がると、店の方に父親の庄右衛門を呼びに向かった。

　庄右衛門は、慌てふためいて部屋に入って来ると、

「おふき、どういうことだ。腹に子がいるとは……誰の子だね」

　真っ赤な顔をして、おふきに詰め寄った。

「誰の子だって、私の子です」

おふきは言い返す。

「なんという言い草だ。お前は、自分がどういう立場にいるか知っているだろう」

庄右衛門は硬い表情で黙っているおふきを見て、

「ああ、なんてことだね。ついこの間まで、そんな顔などしたことがなかったのに……おっかさんが生きていたら、どれほど落胆《らくたん》するか……」

心が動いてくれることを確かめようと見るが、おふきは口を一文字に締めている。

「いいかい、お前はこの、松屋の跡取だ。しかるべきところの倅《せがれ》を婿に貰って次の世代につなげていってもらわねばならない立場だ。それがなんだって……父無《ててなし》子《ご》を産むつもりかね」

「……」

「そんなことをしてみなさい。この松屋は世間の笑い物だ。商いどころではない。店は潰れるだろう。そういうことが分かっているのかね」

庄右衛門は、たまらず膝を叩いた。

「おとっつぁん」

おふきは父親に顔を向けると、

「おとっつぁんは、私の幸せより、店のことが心配なのね」

父親の顔をきっと見る。

「馬鹿な、お前も大事、店も大事……そんなことは分かっているだろう」

「私は何も、店を継がないと言っている訳ではありません。生まれた子が継げばいいんでしょ」

「父親無しで育てるというのか……」

おふきは黙った。

「片親で子を育てる苦労をお前は知るまい。大人になるまで、ずっと心配のしどおしだった。いや、今だってお前のことで頭がいっぱいだ。だからおとっつぁんは、後添《のちぞ》えを貰わなかったんだ。後添えがお前とうまくいかなかったら、どちらも不幸せになる、そう考えてな……そのお前が、相手の名も言えない子をはらんだとは、おとっつぁんは、どうにかなりそうだ」

庄右衛門は懐から手巾《しゅきん》を出して、目を覆《おお》う。

「そんな言い方やめて下さい」

おふきは親に心を寄せる気配がまったくない。

千鶴は、静かに言った。

「おふきさん、私もまだ結婚もしたことのない女ですから、あなたが身ごもった気持ち、分かっているなどとは言えませんが、それでも親が子を案じる気持ちは分かります。いえ、自分が親にならなければ、親が子を思う本当の気持ちなど分からないと言われています。でも私も母を幼い頃に亡くして、長い間父親と暮らしてきました。その父も亡くなっておりますが、今しみじみと父の愛情を感じています。父親の気持ちに対して、そのような態度でよいのでしょうか。たった一人の血の繋がった方が父親ではありませんか。あなたが本当に子を産みたいと思うのなら、せめて父親には何もかも打ち明けるべきだと私は思いますよ」

すると、

「相手の名を言っても、どうしようもないんです。この店を一緒にやってくれるような人ではありません。私、言いたくありません。それに、私が身ごもったことなんてその人は知らないんですもの」

おふきはおふきで、思い悩んでいる様子だった。

庄右衛門はしばし絶句していたが、やがて、

「桂先生、ありがとうございます」

目頭《めがしら》を手巾で押さえて、

「そうですか、先生もお父上様と……おっしゃる通りでございます。私は、ただただ娘の幸せを願ってきました。だから言っているのです。これはですよ、こんなことになった時には、どちらの親御さんでも、心配で放っておくことは出来ないのではないかと存じます」

千鶴にそう告げ、次にはその顔をおふきに向けて、

「おふき、婿にも来てくれない、名前も言えないような男の子供を産むのはやめなさい。そんな不誠実な男の子供など、おとっつぁんは認めないよ。お前の不幸が目に見えているんだ。生まれてくる子供も可哀想じゃないか」

庄右衛門は、座り直した。少し気持ちが落ち着いてきたようだ。

いや、説得の戦略を変えたのかもしれない。あからさまに叱りつけても、おふきが心を開かないと分かったようだ。

庄右衛門は、混乱と怒りを抑えて、改めておふきに向き合った。

「言えないんです。迷惑が掛かります」

だがおふきはそう言うばかりだ。おふきも追い詰められて泣き出しそうな顔だ。

「この父親と、多くの奉公人、親戚の皆さん、そういった人たちにも心配をかけると分かっていながら、そういう態度を取るのなら、勝手にしなさい。ただし、お前にはこの店を出て行ってもらおう。なに、跡取りについては親戚から養子に入ってもらいます。おとっつぁんは、ずっとお前が所帯を持って、この店をきりもりしてくれることを楽しみにしてきました。しかし、自分のことしか考えられないお前を知って、おとっつぁんは、がっかりした。そんな娘は、私の娘ではない」

庄右衛門は、最後は大きなため息をついて、部屋を出て行ってしまった。

「ううう っ……」

おふきが泣き出した。父親に冷たい言葉を送られて席を立たれたことが堪《こた》えたようだ。

「おふきさん、どうするつもりですか……たとえ一緒になれない人だと分かっていても、たった一人の大切な父親には話すべきではありませんか。私もおふきさんのその態度には落胆しました。いいですか……あなたに落胆するということは、あなたのお相手にも落胆するということです。落胆されるような人物だと見られることとです。その道理が分かるまで、よくよく考えてみるといいでしょう。

そのお腹にいる子ががっかりしていますよ。私が聞いた話では、赤ちゃんはお腹の中にいる時から、お母さんの言葉や行いが、みんな分かっているといいますからね」

千鶴は言った。そして、

「気分が悪くなったのはつわりと思われますから、お薬は控えたほうがよろしいでしょうね」

俯いて考えているおふきに言った。

二

「いや、お前の言ったことは正しい。それぐらい言ってやらないと、分からんのだ。どうせ甘やかして育てられたんだろうし、大店《おおだな》の娘などという者はな」

酔楽は、飲み干した盃《さかずき》に手酌《てじゃく》で酒を注ぎながら言った。

「先生、その最後の言葉は、言いすぎじゃないかしら」

お道が笑って言う。

「そうだった、お道は違うぞ、大店の娘だが、なかなか見込みがある」

酔楽がわざとらしく言い直して、一同どっと笑った。

今夜は酔楽と五郎政が突然やって来て、久しぶりに皆で食事をしているのだ。

お竹の手料理で、膳の上には、ネギぬた膾《なます》、鯛《たい》の刺身、巻き卵に大根《だいこん》を甘辛《あまから》く煮た物、そして汁物は観世汁《かんぜじる》、これは豆腐を薄く切って、みそ汁に入れてあんをかけたものだ。御飯は菜めし、大根の葉を炊き込んだ物、いずれも久しぶりのご馳走《ちそう》とあって、皆揃って舌鼓《したつづみ》を打っている。

それぞれの膳には酒がついているし、好き勝手に酒を楽しみながらの食事だ。

お道などはもう頰を赤くしていて、

「でもね、酔楽先生、千鶴先生は最後には突き放した言い方をなさって、私は驚きましたけど、おふきさんも少し身勝手すぎる。私だって聞いていて腹が立ったぐらいなんですよ」

「おいおい、しかし大丈夫かね」

酔楽が笑ってお道の顔を見る。

「大丈夫だって、女だってお酒飲んじゃいけないって法がありますか……ないでしょ。たまには楽しまなくちゃ」

お道はご機嫌だ。

「お竹さん、お代わり」

五郎政が、空になった御飯茶碗をお竹の前に突き出した。

「五郎政、お前、御飯は後にしろ。まだ刺身も残っているじゃないか。おや、ネギぬた、嫌いなのか、こんなにおいしいもの、酒には最高だぞ」

酔楽が、五郎政の膳に箸を伸ばした。

すると、すかさず五郎政が、ぱしりっと酔楽の手を打った。

「何をするんだよ」

酔楽が声をとがらせる。

「親分、これ、残してるんだよ。横取りはやめて下さいよ」

「何、それならそうと早く言え」

「言う前に横取りしようとしたじゃないですか」

「なんでそんなにつっかかるんだよ」

酔楽は呆れ顔だ。

「だって、ネギぬたはお袋の得意な料理だったんだ。いや、料理と言ったって、このお江戸のように珍しい物がある訳じゃねえ。だがネギは沢山《たくさん》畑の周囲に植えていた。それで時々おふくろが、ネギぬたを作ってくれたんだ」

五郎政は、思い出に浸っている顔だ。

「そうか、お前にも、そんな思い出があったのか。早く一人前になって故郷に帰ってやらねばな」

酔楽は、五郎政の背中を撫でてやる。

「うううっ」

五郎政が泣き出した。

「五郎政、泣くのか食うのか、どっちかにしろ」

酔楽はそう言って酒を飲み干すと、千鶴に言った。

「しかし千鶴、松屋だが、一騒動あるな。ややこしい話を持って来るかもしれぬな。まっ、娘がそれじゃあどうしようもない話だ。何か言ってきたら、あっさり断ればいい」

千鶴は頷いたが、果たしてそんな事で済むのだろうかと考えているのだった。

突き放したのはいいが、何か言って来た時には、どんな対応をしてよいのか悩んでいるのだった。

おふきがもっと素直になって、父親を信頼して何もかも告白すれば、親子が対立することもなく、道も開けるのではないか。

「千鶴先生……」
　お道に呼ばれて、はっと我に返った千鶴は、
「それはそうと、おじさま、今日は何かご用があって、いらしたのではないので
すか？」
　せっせと酒を飲み、料理に箸を使っている酔楽に訊いた。
「おおそうだ、あんまり美味《うま》いものを出してくれるから忘れておったわ。実は
な、お前に頼みたい患者がいるのだ」
　盃を膳に置いて言った。
「私に……」
「そうだ、今日も様子を見に行って来たんだが、なにしろ根岸からは遠い、薬礼
もたいして出さぬ坊主だからな、こっちも疲れる」
「親分、それじゃあ、儲《もう》けが少ないから頼みたいって聞こえますぜ」
　五郎政は笑って、
「いや、薬礼のことは冗談ですよ、親分が若先生に頼みたいのは、やはり根岸か
らは遠すぎるせいです。そこに行く時には、他の往診には行けません。親分もご
存じの通り、膝を痛めていやすからね」

酔楽をちらちら見ながら伝える。なんだかんだ言っていても、かばい合い助け合う師と弟子だ。

「分かりました、私でよろしければお引き受けします」

千鶴は言った。


三日後、千鶴はお道と、酔楽から頼まれた患者のもとに向かった。

患者は、本八丁堀《ほんはっちょうぼり》の『妙円寺《みょうえんじ》』という寺の住職で、道基和尚《どうきおしょう》という人だった。

酔楽が昔から知っている坊さんで、酔楽と同じく膝を痛めているということだった。

酔楽が千鶴の軟膏《なんこう》が効くと言ったものだから、是非《ぜひ》ということになったらしい。

妙円寺は、さして大きな寺ではなかったが、一歩門内に入ると、庫裡《くり》や本堂に向かう道には石が敷かれ、庭一面に苔《こけ》が生えていて、優美な枝振りの紅葉《もみじ》の木が植わっていた。

垣根のむこうには小道があり、山里を想像させる建物が見える。茶室のようだった。

玄関に入っておとないを入れると、若い僧が出て来た。頭の剃《そ》り跡も瑞々《みずみず》しく青々として、目鼻立ちの整った僧だった。

「桂千鶴と申します。和尚様の往診に参りました」

千鶴が告げると、

「ただいまお茶のお稽古《けいこ》をなさっておられます。先生がおいでになられたら、是非お茶の一服も差し上げたいと申しておりました。お茶室にご案内いたします」

若い僧は、笑みを湛《たた》えて言った。

千鶴は迷った。お茶のいただき方など、ひと通りは習っているが、なにしろ医業は他の事に気を向ける時間などない。

「先生……」

お道は千鶴の袖を引いた。お道も迷っているようだった。

「私たち不調法《ぶちょうほう》でございますが、よろしいのでしょうか」

千鶴が断りを入れると、

「ご心配なく、お弟子さんたちの中にも、まだ始めて間もない方もおられます。お作法は気になさらず……」

そこまで勧められたら、興味もあって気持ちも動く。

千鶴とお道は、若い僧に案内してもらった。

お茶室は四畳半、待合にはお弟子数人が正座して、同輩の手前を熱心に見詰めていた。

千鶴たちを案内した若い僧は、お茶室の中で弟子に稽古をつけている和尚に、千鶴がやって来たことを告げているようだった。

すると和尚は、千鶴の方に顔を向け、若い僧になにやら伝えた。

「どうぞ、中にお入り下さいとのこと……」

若い僧は、千鶴のところに戻って来て言った。

待合には三人の娘が待機していて、お稽古を行っているお茶室には、三人の娘の姿があった。一人は釜《かま》の前で点《た》てているところだった。そしてあとの二人は、お客として座しているのだった。

そのお客として座している娘に視線をやった千鶴は、思わず声を上げそうになった。

松屋のおふきが座っていたからだ。

おふきも千鶴たちに気づいて、あっと顔色を変えた。だがすぐに、視線を茶を点てている娘に向けた。今日のおふきの顔色は良いようで、頬にも艶《つや》がみられる。

「そちらのお客様に、お薄《うす》を点ててくだされ」

教授している和尚が、お茶を点てている娘に言った。

若い僧が、千鶴とお道の膝前に、干菓子《ひがし》を運んで来てくれる。

「お作法はお気になさらずに……今お茶を点てますから、お菓子をどうぞ」

若い僧は耳打ちした。そしてお茶が点つと、千鶴とお道の膝前に運んでくれた。

千鶴とお道は、干菓子をいただき、お茶を飲み干した。

すると、和尚が千鶴とお道を促《うなが》して立ち上がり、お茶の稽古は若い僧に頼んで茶室を出た。

「いかがでしたかな、たまにはお抹茶《まっちゃ》をいただくのもよろしかろう」

和尚は優しい目で千鶴たちに言う。

この寺では、自分が住職になった時から、茶道を伝授しているそうだ。お茶を日本に伝えたのも僧なら、そのお茶を日常的に飲むようになったのも僧だ。

「無作法で失礼いたしました」

千鶴は礼を述べ、和尚の膝を診る。

「脚気《かっけ》とかという類《たぐ》いのものではないと存じます。和尚様はお経を上げたりお茶道の指南をなさったり、正座することが多いようにお見受けいたします。治療院の塗り薬を置いて帰りますので、日に何度かしっかりすり込んで下さい。酔楽先生にも同じ塗り薬をお出ししています」

千鶴は言った。

和尚は、お道が差し出した蛤《はまぐり》の殻に入った塗り薬を手に取ると、

「効きそうだな、これは……酔楽にずっと診てもらっていたのだが、効き目はいまひとつ、それでそなたを紹介してもらったのじゃ」

和尚は相好《そうごう》を崩して、

「まったく、もっと早くに紹介してくれていれば……いや、ありがとう」

蛤を押しいただく。

「和尚さま……」

千鶴は改めて和尚の顔を見て言った。

「ひとつ伺いたいことがあるのですが……」

「何かな……」

「先ほどお茶室で、松屋のおふきさんを見かけましたが、こちらに通っていらっしゃるのですか」

和尚は頷いて、

「もう五年になるかの、熱心にお稽古に励んでおるが……」

それが何か……と、和尚の顔は訊いている。

「いえ、実は一昨日《おととい》松屋さんに参りましたところ、おふきさんは元気がなくて、父親の庄右衛門さんも心配なさっておいででした。松屋はおふきさんが跡取りです。御養子を迎えるようですが、どなたかお慕《した》いしている人がいるのかもしれないと庄右衛門さんは案じておられて……そしたら先ほど、お茶席に座っているのに気づきまして」

「ふうむ……」

和尚は腕を組んで考えていたが、

「こちらでの稽古は娘御たちと男どもとは日を違《たが》えておりますし……それに男どもと言っても商家の旦那衆で、今話にあったような者はおりませんぞ」

千鶴の顔を見たが、はっとして、

「そう言えば、小鼓《こつづみ》も習っていると聞いたことがある。確か、観世の……」

首を傾げて思い出していたが、

「そうだ、観世、羊太郎《ようたろう》とかいう師に教わっていると言っていたな」

和尚は言った。

千鶴は礼を述べて寺を後にした。

三

「先生、粟餅《あわもち》を買って帰りませんか。本材木町《ほんざいもくちょう》に美味しいお店があるんです。おっかさんも姉さんも大好きで、甘い物が食べたくなると、かわるがわる買いに行っていたんですよ」

お道は、並んで歩きながら、ちらと千鶴の横顔を見て言った。

二人は今、本八丁堀から本材木町の五丁目に出たところだ。

日本橋にはお道の実家があって、本材木町あたりの店は良く知っているのだろう。

「どんな粟餅？」

和尚の話を思い出しながら千鶴は歩いていたが、お道の言葉に我に返った。

「お店のご亭主は京で修業してきた人で、お茶道で濃茶《こいちゃ》をいただく時に出される主菓子《おもがし》や、今日お寺でいただいた薄茶に出す干菓子などを置いているお店で、粟餅はお煎茶《せんちゃ》などでいただくお菓子らしいのですが。とろりとした粟の餅に、こしあんが掛かっているんです。白砂糖を使っているからとても美味しいんですよ」

お道の説明は、今この目の前で見ているようだ。

「美味しそうね、買って帰りましょう」

千鶴も興味を引かれる。

「嬉しい、お竹さんもきっと喜びます」

お道はうきうきしている。

「お道っちゃん」

千鶴は、お道の歩を止めた。視線は楓川《かえでがわ》の河岸地に注がれている。越中殿橋《えっちゅうでんばし》の袂から娘が町駕籠《まちかご》に乗ろうとしているのだが、その娘はおふきだったのだ。

「おふきさんじゃないですか。もうお稽古は終わったのかしら」

お道は呟く。

二人が見ているその先で、おふきの乗った町駕籠は、北に向かって走り出し

いのに……」

「あれれ、先生、方角が反対でしょう。家に帰るのなら南に向かわないといけないのに……」

「……」

千鶴は、じっと去って行く町駕籠を見詰めた。

――おふきは何処《どこ》に向かうつもりなのか……。

その時だった。

「千鶴先生、どうしたんですかい」

猫八が近づいて来たのだ。

「あっ、猫八さん、丁度良かった。今ほら、向こうを行く町駕籠が見えるでしょう。あの町駕籠はどこに行くのか、尾《つ》けていただけませんか」

お道は、ずうずうしく頼む。

だが猫八は、手にある十手をくるりと回すと、すとんと腰に入れて、

「お任せを……」

勢いよくすっ飛んで追いかけて行った。

「お道っちゃん……」

千鶴は苦笑した。猫八には気の毒をしたが、千鶴も衝動的に追ってみようかと思ったぐらいだったのだ。

それほどおふきのことは、医者として、知らぬが半兵衛《はんべえ》は出来ない、できる手助けはしてやりたいと考えているのである。

「猫八さんの分も粟餅、買って帰らなきゃ」

お道は言って足を速めた。

粟餅を買い求め、治療院に戻り、翌日の診察に備えて薬や薬袋など万端用意をし、買って来た粟餅を女三人で囲んだのは一刻（二時間）ほどあとのことだった。

「明日になると固くなってしまいますから、今日のうちに食べなくてはいけないんです」

お道の説明に、

「まあ、美味しそう。お茶を淹《い》れますね」

お竹がいそいそと台所に立って行ったその時、玄関で猫八の声がした。

「千鶴先生、確かめてきやしたぜ」

猫八は入って来て座ると、

「あの娘が町駕籠から下りたのは、長谷川町《はせがわちょう》にある出合茶屋《であいぢゃや》『柏屋《かしわや》』という店でさ」

「先生、まさか逢《あ》い引《び》き……」

お道がつい口走る。

「相手の人と会うために行ったのかもしれませんね」

おふきは身ごもっている。それほどに惚れた人がいるのは分かっている。おおよその予想はついていたものの、父親とあれだけ激しくやりあって、まだ間もないのにと愕然《がくぜん》とする。

「いったいぜんたい、どういう話で、あの娘の行く先を確かめたかったんですか」

猫八は興味津々《しんしん》だ。

「往診しているお店のお嬢さんなんですよ。跡取り娘なのに、心に決めた人がいるようです。父親はそれでがっくりしていて、私にも相談に乗ってほしいって言われたんですけど、どこまで立ち入ってよいものかと……」

千鶴は言ってため息をつく。捕り物と関係ない話に、猫八を巻き込んでは申し訳ないと考えているのだ。

「なるほど、そういうことでしたか。先生、先生には浦島の旦那もあっしも、世話になりっぱなしだ。捕り物に関係ねえ話でも、なんでも言って下さい。あっしは喜んでお手伝いさせていただきやす」

半月前に浦島がお手柄を立てたのも、千鶴先生あってのことだと、猫八は言って、

「あの時、旦那は御奉行から金一封をいただいたんですぜ。いまだにご両親のお位牌《いはい》の前に供えて自慢していますからね」

猫八だって、まんざらでもない顔だ。

そこへお竹がお茶を運んで来た。

「猫八さん、今日はごくろうさまでした。栗餅、一緒にいただいて下さい。お道っちゃんお薦めの品です」

千鶴は猫八の前に、椀に入れた栗餅へ箸を添えて勧めた。

「へい、遠慮無くいただきやす」

がぶりと口に入れて、

「美味い！　浦島の旦那に話でもしたら、恨まれそうです」

猫八は笑った。

翌日、桂治療院に町駕籠が到着、降り立ったのは松屋庄右衛門だった。供も連れず一人でやって来たようだ。

風呂敷包みを抱え、首には薄絹《うすぎぬ》の襟巻《えりま》きを付けている。

庄右衛門は治療院の看板を一度見上げ、それから人目を避けるように門の中に入った。

風はこの頃、時に冷たさを感じるようになっている。

その風を受けて二筋ほど、はらりと髪が頬に落ちて来たが、庄右衛門は手で掻き上げることもせず、風のなすがままに揺らして玄関に向かう。

その深刻な顔、憔悴《しょうすい》しきった頬が痛々しいほどだ。

玄関に入るとお道が出て来て、すぐに庄右衛門は診察室に迎え入れられた。

「随分顔色が悪いようですが、きちんとお食事を摂れていますか」

千鶴は、庄右衛門の脈を取りながら訊く。

「いえ、何を食しても砂を噛んでいるような……寝付きも悪く、おふきのあの話を聞いてからというもの、熟睡した覚えがございません」

「お使いを寄越して下されば、往診いたしましたのに」

千鶴は言った。

「いや、家では話せないことですので、風邪《かぜ》にかこつけて、こうしてお訪ねした次第、診察までしていただいて、ありがとうございます」

庄右衛門は、まずそう告げると、

「他でもない、おふきのことでございます。本日はご相談がてら協力していただきたいことがございまして……」

千鶴は威儀《いぎ》を正して頷いた。

聞くまでもなく、重い話に違いない。

「実はあれから、おふきは一言も口をききません。自室に閉じこもっているかと思うと、供も連れずに一人で出かけて行くのです……」

親子の絆《きずな》がずたずたになってしまったと、哀しげな顔でため息をつくと、

「おふきの腹に子が出来ていることは、番頭には言いましたが、他の奉公人には言っておりません」

千鶴は、じっと庄右衛門を見詰めて聞いている。

実は昨日、おふきが町駕籠を使って出合茶屋に行ったことなど、とても言えないと思った。

目の前の庄右衛門を見ていると、そんな話を聞けば、卒倒しそうだ。

「そこで、番頭さんに頼んで、おふきがお稽古に通っているところを調べさせたのです。そしたら、ひとつ、気がかりなことが分かりまして……」

「お相手のことで？」

千鶴が訊くと、庄右衛門は頷いた。

「おふきは、茶道と小鼓を習いに行っているのですが、小鼓の師匠のところで、おふきを孕《はら》ませた男と出会ったのではないかと番頭は言うのです。あちらは女弟子より男の弟子が多いですから」

千鶴は頷いた。いざとなったら、訪ねてみようと思っていたところだ。

「観世羊太郎とおっしゃる小鼓の名手ですが、そこにおふきは通っています。番頭の言う通り、男と知り合うのは、そこしかないと思いまして、一度訪ねてみようかと思うのですが、一人では心許《こころもと》ない。近頃は自分でもびっくりするほど感情が高ぶって戸惑っています。それで千鶴先生に同道していただけないかと思いましてね」

庄右衛門は笑った。だがその笑みは寂しげだった。

観世羊太郎という名を、千鶴は既に知っている。妙円寺の和尚から聞いている。

「それで、観世先生に会って、相手の方の名が分かったら、どうなさいますか？」

千鶴は訊いた。

おふきの知らないところで、相手の男が調べられていると知れば、今度はおふきの精神状態がどうなるか案じられたのだ。

「はい、私も覚悟を決めました。相手が誰なのか分かれば、会って話し合ってみようと思っているのです。養子に入ってくれるのなら、それもよし。駄目《だめ》というのならその理由を聞いた上で、おふきに話して、その時には、おふきにも覚悟をしてもらいます」

庄右衛門の苦悩が手に取るように千鶴には分かった。

あの日、おふきの往診に行った時の庄右衛門は、激しく動揺し、娘に最後通《さいごつう》牒《ちょう》を突きつけていた。

それが一転して、婿に入るなら許そうとまで言っているのだ。

千鶴は、親の愛に心を打たれた。

「わかりました。そこまで覚悟をなさっているのなら同道いたします」

「ありがとうございます」

庄右衛門は手をついた。大店の主とは思えぬ姿に、

「おふきさんの事で心を悩ませているのは良く分かりました。でも、そのようなお体では、この先心配です。本日は私がお出しする薬を飲んで、滋養のあるものをしっかり食べて下さい」

千鶴が慰《なぐさ》めると、庄右衛門は少し和《やわ》らいだ表情をして、持参した風呂敷包みを千鶴の前に置いた。

「私どもが扱っているお茶でございます。妙円寺さんにも使っていただいているのですが、お楽しみいただければとお抹茶を少々、銘柄《めいがら》は『今昔《いまむかし》』という品です。そして煎茶《せんちゃ》は『清龍《せいりゅう》』……いずれも京の宇治《うじ》のお茶でございます」

庄右衛門はお茶の説明をし、いそいそと帰って行った。

四

翌日、千鶴は圭之助に治療院を頼んで、庄右衛門と待ち合わせ、数寄屋町《すきやちょう》にある観世羊太郎の屋敷に向かった。

観世羊太郎という人は、観世方の小鼓で、能舞台に立つ傍ら、弟子をとって小

鼓の打ち方を教授していると聞いた。

　どのような佇まいなのか興味があったが、玄関前に立ち、家の中から聞こえて来る小鼓の音色を耳にした時、なぜか心の奥から身の引き締まるような感じがした。

　表の玄関口は格子戸の引き戸になっていて、そこから覗ける庭の風景には、茶室の庭に通ずる趣《おもむき》があった。

　敷地の坪数は百坪ほどだろうか、表の通りまで小鼓の音と、

「ヨウ、ヨウ……」

と小鼓の音に合わせて発する男の声も、神がかりのように思える。

　千鶴と庄右衛門は、内玄関まで進むと、おとないを入れた。

「これはこれは松屋様」

　出て来た目鼻立ちの良い三十前後の男が、丁寧に頭を下げた。

　おそらく松屋は、娘のために多大な束脩《そくしゅう》をしているに違いないと千鶴は思った。

　二人はすぐに、床の間のある座敷に通された。

　お茶をいただき、小鼓の音を聞いていると、

「お待たせをいたしました」

こちらも凛々《りり》しげな男が入って来た。藍色《あいいろ》の着物に帯をきりりと締めた姿は、女の目から見ても美しい。

歳は三十五ほどか、座る姿勢も美しく、

——ひょっとして、おふきは……。

などとよからぬ妄想を千鶴がしていると、

「羊太郎様、本日はつかぬことをうかがいたくて参りました。私一人では心の臓が心許ない。それでいつも往診をお願いしている桂千鶴先生に同道していただきましたのですが」

「さて、どのようなご用件で……」

羊太郎は真顔になって言った。

「実は娘のおふきのことでございまして……」

「おふきさんのこと？」

「はい、お恥ずかしい話ではございますが、こちらに通ううちに、どなたかを慕っているのではと……思い詰めているようなので気になりまして」

庄右衛門は、袂から手巾を取り出し、汗を拭いた。

「ああ……」

そのことかと、羊太郎は頷いた。

「心当たりはございませんでしょうか。もし、ご存じならば教えていただきたいのです」

「ふーむ」

羊太郎は、困ったなといった顔で、

「娘さんのことを案じるのはよく分かりますが」

難しい顔をした。

縋るような目をして、言葉を待っている庄右衛門が痛々しい。

「観世様、医者の私からみても、おふきさんは心の病が重く、庄右衛門さんは父親として、その悩みを拭《ぬぐ》い去ってやりたいとお考えなのです。確かにこのような話をされましたら、受けた方は困惑してしまうでしょう。でも、おふきさんの体が案じられますし、ご存じかと思いますが、松屋さんの跡取りはおふきさんだけです。お店の今後にも大きく関わってくる話なのです」

千鶴は助け船を出した。すると、

「分かっていますよ。父親が娘を案じるというのは……私にも十歳になる娘がおります」

羊太郎は、千鶴にそう言うと、その視線を庄右衛門に戻し、

「分かりました、お話しいたします」

神妙な顔で言った。

「ありがとうございます」

庄右衛門が頭を下げると、

「ただし、私が話したなどと、おふきさんには伝えないでいただけますか」

「もちろんです」

庄右衛門は必死の顔だ。

「弟子のあれこれを師匠が外部に漏らしたなどと噂になれば、弟子は来なくなります。松屋さんもご存じの通り、私どもは十分に暮らせるほどの舞台がある訳ではございません。こうして弟子に伝授したり、その他いろいろと身過ぎ世過ぎの労をとらなくてはならないのです」

お恥ずかしい話ですがと、羊太郎は前置きをする。

「ごもっとも、このようなお頼みをすることがあろうとは、思ってもみなかったことでございますが、親馬鹿だとご勘弁《かんべん》いただきたいと存じます」

庄右衛門が頷くと、羊太郎は改めて言った。

「神田堀通り《かんだぼりどお》に桑島藩《くわしまはん》の下屋敷がございますが、そこからお一人ここに通ってきています。名は永倉敬二郎《ながくらけいじろう》という方です。その方とおふきさんが親しそうに話しているのを何度か見ていますが、二人の間に誰も立ち入ることができない、そんな雰囲気を感じていました。ひょっとしてと考えたこともございます」

庄右衛門は、羊太郎の話を聞くと、得たり……という顔で千鶴を見た。

千鶴も庄右衛門に頷く。

「それにしても、お医師まで同道とは……」

羊太郎は笑った。

「いやいや、お恥ずかしい。男親というものは、娘のこととなると、ただおろおろして用が足せません。こちらの先生は、お若いが思慮深く、長崎《ながさき》に遊学なさり、シーボルト先生の下で修業もしておられる方です。私の病も診ていただいているのですが、こうして医業とは違ったお願いもいたしまして、申し訳なく思っているのですが……」

庄右衛門の心は少し楽になったのか、ここにやって来るまでの、切羽詰まった話しぶりとは違っていた。

「いやいや、そのような高名な先生なら、是非わが家もお願いしたいところでございます」

羊太郎は千鶴を見た。

「おそれいります」

千鶴は微笑《ほほえ》みを返して頭を下げた。

庄右衛門は、心付けとして袱紗《ふくさ》に入ったものを羊太郎の前に差し出すと、千鶴に頷いてから、

「それではこれで……」

膝を立てた。

「それで、松屋さんは、観世様から聞いた永倉敬二郎という人に会ったんでしょうか」

お道は、薬研を使いながら千鶴を見た。

千鶴は、洗濯した晒《さら》しを畳んでいて、お竹は雑巾《ぞうきん》がけをしている。

「会いに行くとおっしゃっていましたから、今日あたり行ったんじゃないかしら」

「でもね」

お竹は、力を入れて雑巾がけをしながら、

「相手はお侍となると、養子にという話にはならないでしょうね」

腰を上げて、桶《おけ》で雑巾を濯《すす》ぐ。

「それに、既に妻子がいたりすれば最悪……おふきさん、それでも産むって意地を張るのかしら」

お道は薬研に力を込める。

「ああ、すっきりした。お夕飯をつくりますね」

雑巾がけを終えたお竹が立ち上がったその時、誰かの声が玄関でした。

「猫八さんだ」

お竹は笑って玄関に向かった。

すると、猫八と浦島がどかどかと入って来たと思ったら、興奮した顔で浦島が言った。

「先生、また先生のお世話になるかもしれません。このたび、臨時廻りから探索を手伝ってくれと頼まれましてね、力を貸すことになったのです。今度も手柄を立てれば、うん、いよいよ私が活躍するお役に移動できるかもしれません」

浦島は、にんまりして言った。

「取らぬ狸《たぬき》の皮算用《かわざんよう》」

お道がすぐさま返す。するとお竹が、

「浦島様、千鶴先生はお忙しいんですからね」

そう言って台所に向かった。

「何か事件が起きたのですか」

晒しを畳み終えた千鶴は、浦島に向き合って訊いた。

「それがですね。さる藩の江戸勤番《きんばん》の侍《さむらい》が、神田の河岸地で殺されましてね、殺した奴は辻斬りではないかと言われているんですがね。それでその下手人《げしゅにん》を捜せという話なんです」

浦島は説明した。すると猫八が、

「死にいたらしめた傷は刀傷だと分かっています。物取りの仕業《しわざ》かもしれないってんで探索しているんですがね」

続きを話した。

「ただ、まったくと言っていいほど手がかりがないんです。侍を殺された藩も沈黙を貫いておりやして、町方には話してくれないんですよ」

猫八は不満顔だ。

だいだい藩邸は管轄外だ。江戸町奉行所には踏み込む権利はないし、余程のことを藩士がやっても、町奉行所は介入しないようにと上役からお達しがある。藩邸から内密にするよう知らせが来るからだ。

このたびの場合も、殺された藩士の名も上役は教えてはくれなかったのだ。

ただ、下手人を探索せよと、浦島たちに命じたようだ。

「しかしそんな状態での探索なんて大変ね」

千鶴は言った。

浦島が所属する定仲役というのは、他の役の補佐役だ。いわば自分たちが先頭に立って役を行うところではない。

「まあ、そういう次第です」

浦島と猫八は、報告だけすると診察室を出た。ところがすぐに、猫八が戻って来て、

「千鶴先生、お使いの者が玄関に来ていますぜ」

と知らせてくれた。

千鶴は玄関に向かった。すると手代風の男が、

「松屋の者でございます。急ぎこの文《ふみ》を、千鶴先生に渡してきてほしいと旦那様から預かりまして……」

美濃紙《みのがみ》に包んだ文を千鶴に手渡した。

庄右衛門は誰にも封を切られぬように、封印を押してある。

手代を見送ると、千鶴は診察室に入って美濃紙の包みの封を切った。

文は半紙一枚、それには、

――本日午前に桑島藩下屋敷を訪ね、永倉敬二郎なる者に会いたいと申し入れたが、あっさりと断られてしまった。どうしたものかと考えている――

そのような事がしたためられてあった。文面には無念がにじみ出ている。

――何故だろう……。

何故何故、庄右衛門に会ってくれないのか。

ひょっとして逃げているのかと、千鶴は考える。

庄右衛門の文面は報告の体《てい》をなしているが、その行間からは、千鶴にも手を貸してもらえないかという意も察せられる。

千鶴は、庄右衛門の文を膝の上に広げたまま、庭に忍び寄った薄い影を見詰める。

あと半刻もすれば日は暮れていく。

「先生、お食事ができましたよ」

お竹がやって来て言った。

千鶴はとりとめも無い思案の淵《ふち》にいたが、急いで文を美濃紙の中に包んだ。

包み終わった時には、ひとつの決心をしていた。

五

千鶴は翌日、往診の帰りに神田堀通りにある桑島藩の門を叩いた。

出て来た中間《ちゆうげん》に、

「永倉敬二郎様にお目にかかりたいのです」

そう言って名を明かし、結び文を手渡した。

文には、松屋のおふきさんの事で話があると記してある。

千鶴は門を入った左手にある腰掛けに座って待った。

「少しお待ちを……」

使いをしてくれた中間が、戻って来てそう千鶴に言ったが、なかなか出て来てはくれなかった。

その間に、江戸見物でもしたのだろうか、ほろ酔い加減の三人の侍が帰って来て、待合にいる千鶴を見て、ほうっというような視線を投げ、なにやら耳打ちしあいながら玄関に入って行った。

千鶴の噂をしているに違いなかった。千鶴はこの時、小袖に藍染の袴を着て、傍らには往診の箱を置いていたからだ。

どれほど待ったか、ようやく玄関の方から、千鶴めがけて歩いて来る侍を見た。

背の高い、鼻筋の通った侍だった。

「桂千鶴殿ですか、私が永倉敬二郎と申す者……」

敬二郎の顔は険しかった。

「お時間はとらせません。大事なお話がございまして……」

すると敬二郎は、困った顔をしていたが、千鶴に、

「千鳥橋《ちどりばし》袂に、甘酒屋があります。そこで待っていて下さい」

すぐに来てくれるというので、千鶴はその店に向かった。

店はすぐに分かった。小体《こてい》だが小綺麗《こぎれい》で、間口は一間半ほどだが奥行きがあっ

た。

　客は女や年寄りが多く、千鶴は奥に見える座敷を所望《しょもう》した。その席の周りには誰も客は座っていなかったし、屏風《びょうぶ》で周りから遮断《しゃだん》できるようになっていた。

「お待たせしました」

　敬二郎は、すぐにやって来て座った。

「永倉様、不躾《ぶしつけ》な話をいたしますが、永倉様は、松屋のおふきさんとは、どのようなおつきあいなのでしょうか」

　千鶴の第一声に、敬二郎はぎょっとした目で、顔を強ばらせた。

「やはり昵懇《じっこん》な仲なのですね」

　永倉は答えなかった。

「あなたの今の顔色を見れば分かります。数日前にも、あなたは出合茶屋で、おふきさんと会っていた」

「な、何を言いたいのだ。あなたはいったい、どういう理由で私に会いに来たのだ」

　永倉は険しい目で千鶴を見た。

「私は医者です。松屋には往診をしています。実は半月前に、おふきさんの具合が悪いと使いが参り、往診いたしました。すると、おふきさんは普通の病ではなかったのです。つわりでした。おふきさんは腹に子を宿しています」

「！……」

敬二郎は言葉を忘れたような顔で千鶴を見た。

「知らなかったんですね」

「……」

「おふきさんも、あなたには伝えていないのでしょう。父親の庄右衛門さんが厳しく問い詰めても、相手の名は言えないと、迷惑を掛けたくないと言い張って……今、松屋の家は大変なことになっているんです」

千鶴は、おふきを診察した時の騒動や、今の親子の状態、庄右衛門の必死の姿、そういったものを順を追って敬二郎に話した。

そして、いかがかと、敬二郎の顔に問うた。

「すみません、おっしゃる通り、おふきさんとは昵懇の仲になっています。でも腹に子が出来たことは知りませんでした。知ったとしても、私は父親にはなれない」

その言葉に、千鶴はむかっとした。

「あなた、それでも腰に刀をたばさんでいるお侍ですか。町人の娘だと最初から分かっておつきあいをしたんでしょう。それが、いざとなったら、私は知りませんでした。それで通そうというのですか」

静かな口調だが、怒りを込めて千鶴は言った。

「いえ、そういう訳ではございませんが」

「じゃあ、どういう訳なんでしょう」

「それは申せぬ」

敬二郎は口を引き結んで黙った。

長い沈黙が続いた。その沈黙には、ひりひりするような緊張したものがあった。

千鶴は怒りで胸が苦しかった。だけどもここで引き下がれば、なんとなるか想像するのも口惜しい。

何度か大きく息をして整え、

「父親の庄右衛門さんは、ここに来て、娘不憫《ふびん》さに、お相手の方が店を継いでくれるのならば、それでもいいとおっしゃっている」

敬二郎の顔をじっと見た。

「申し訳ないが、そうもいかない。養子には入れぬのだ。おふきさんと出会った頃には、町人になってもいいと考えることもあった。私は江戸勤番で来ているのではない。遊学の身で来ている。小鼓を習いに行ったのも、その一貫だが、蘭学《らんがく》の英清《えいせい》先生のところにも入門して、勉強しています。次男坊ですから、それが出来た訳です。おふきさんとのことも考えることが出来たのですが、状況が変わりまして、今はもうおふきさんと一緒になることなど叶わぬ。それで、この間、出合茶屋で会ったのが最後になってしまった」

敬二郎は苦しげな顔だ。

おやと千鶴は思った。人の情などない人間なのか、責任とは無縁の男なのかと見ていたが、少しは人並みの情は残っているようだ。

「なんともあなたのおっしゃることは要領を得ません。心変わりした理由が分からないからです」

千鶴は、一歩も引かない。

「心変わりしたのではござらん」

「そうですか、では、おふきさんのお腹のお子は、どういたしますか？」

「……」

敬二郎は、また黙った。

「さあ、おっしゃって下さい」

千鶴は、問い詰める。

「私は……」

敬二郎は改めて千鶴の顔を見て、

「産んでほしいと思います。でも一緒になれない以上、そんな無責任なことは言えません。赤子をどうするのか、おふきさんの今後の縁談に差し障《さわ》りがあるのなら……」

少し言葉を切ってから、

「可哀想ですが……」

と言った。

「流してほしい、そうおっしゃるのですね！」

千鶴は怒りのあまり、顔が染まっていくのが分かった。

「申し訳なく思っている」

敬二郎は頭《こうべ》を垂れたが、千鶴は座を蹴って店を出た。

千鶴は、何度もため息をつく。

診察している時はそうでもないが、常に頭の隅に松屋の父と娘のことがあった。

なんとか力になりたいと敬二郎に会ってみたが、おふきに対して、あれではあまりにも冷たい、誠意がないではないかと、いまだに怒りを覚える。

お道と圭之助は往診に行っている。千鶴は調べたいことがあって、書物を手に取ったが、字面を視線が走るだけで頭の中には入ってこなかった。

今度のことでは、つくづく思うようにならないものだと感じている。

千鶴はまた大きなため息をついて、縁側の向こうに見える秋の庭に目を遣《や》った。

ここ数年で大きくなった桜の木は、葉を赤く染めていて、落葉も始まっている。

例年のことだが、柿の葉は早く赤く染まり、葉を落とすのも早い。

一方、薬園に出る所にある垣根のそばに植わっている紅葉は、まだ葉は青い。

ぐんと寒くならなければ赤く染まらない。

ぼんやりと庭を眺めていると、

「先生、何をお考えなんですか」

お竹がお茶を運んで来た。盆に載っているのは抹茶碗だった。

「ほら、松屋さんが持って来て下さったお抹茶の、今昔をね、点ててみたんです」

「お竹さん、お茶を点てられるんですか」

千鶴は驚く。

「はい、実は、求馬様のお母上に、お薬をお届けした時に、教わったんです。千鶴先生の知らぬ間に、こっそり教わって点ててあげたいとお話ししたら、喜んで教えて下さったんです」

「へえ……」

千鶴は笑ってお茶碗を手に取った。

「あっ、しまった、先生、ちょっと待って」

お竹は台所の方に走りながら、

「お干菓子、お干菓子……」

独り言を言い、すぐに干菓子を持って戻って来て、

「こちらを先に召し上がって……そのあとでお茶をいただいて下さい」

千鶴は、干菓子を口に運び、そして抹茶を飲んだ。

「美味しい……このお茶、甘い」

千鶴の感想に、お竹は嬉しそうな顔で言った。

「よかった、ほっとしました。たまにはね、こういう時間もないと、いくら若いと言っても、体が持ちませんよ」

「ええ……」

千鶴が苦笑すると、

「そうそう、求馬様のお母上が、千鶴先生はいかがなさっていますかとお尋ねでした。求馬様の心に、千鶴先生がいることをご存じの様子でしたね」

「……」

でもなかなか文も送ってくれないと、千鶴は一月前にもらった文の文言を思い出していた。

情愛を感じられる文ではあったが、求馬なりの照れがあるのか、あそこに行った、何をした、大坂の市場の賑わいには驚いただの、見聞きしたことが綴《つづ》ってあったのだ。

千鶴は何度読んだか分からない。しかしやはり、お竹が心配しているように、圭之助に手伝って貰うようになっても、やっぱり医業は暇無しで忙しい。

「お亡くなりになった東湖先生も、年中お忙しくしていらっしゃいましたね。千鶴先生は東湖先生とそっくり……やはり親子だと私見ていて思っているんです」

お竹は言った。

「お竹さん、父は私のように、出来もしないことに頭をつっこんだりはしなかったでしょう？」

「いいえ、病というものは、医者が出す薬だけでは治らない。そうおっしゃって、患者さんの家の中の悩みなど、よく聞いてあげていましたね」

千鶴は頷いた。確かに父の診察日誌には、片隅にその者の悩みなども書いてあった。

「千鶴先生、松屋さんのことでお悩みだと思いますが、先生はなんとかしてあげようと全力で手をつくしたではありませんか。世の中、良いことも悪いことも、そんなに思うように運ぶ筈がありません。あんまり深刻にならないことです」

お竹は明るく言って台所に戻って行った。

確かにお竹の言う通りだと千鶴は思った。そう思うと心が軽くなった。

――近いうちに庄右衛門に会って、敬二郎と会って話したことを、ありのままを伝えよう。

診療日記に手を伸ばしたその時、再びお竹から声がかかった。

「先生、お侍さんが見えています。桑島藩の松田千五郎《まつだせんごろう》さんって方ですが……」

名に覚えはなかったが、

「こちらにお通しして下さい」

千鶴は言った。

「私は桑島藩の松田千五郎と申す者、いきなりお訪ねしてあいすまぬ」

千五郎は一礼すると、自分は永倉敬二郎とは幼なじみ、昨日千鶴が敬二郎と話したことを聞いている。人としていかがなものかと人格を疑われるような言葉しか並べることが出来ず、千鶴殿は呆れて帰られたと敬二郎は悩み、千五郎に告白したというのであった。

「しかし、それには事情がありまして……そのことをお伝えしたくて参ったのです」

千五郎は言った。

「呆れたなどという程度の落胆ではありません。怒りを覚えました。こういう仕事をしていますと、おふきさんのような複雑な事態に巻きこまれる女たちにたびたび出会います。そのような時に白黒の決断をせまられるのは女です。男は、責任から逃れたい人が多いと感じています」

千鶴はきっぱりと言った。

「いやいや、奴はそんな男ではござらん」

千五郎は即座に言ったが、

「だったら何故、ご自分で説明にいらっしゃらないのです。責任を感じている立派な人が、自分の口からは話せない、納得できませんね」

「まま、お腹立ちはごもっとも……しかし、千鶴殿、そなただってそうではないかな。ご自分のことではない、往診先の悩み事を見るに見かねて、敬二郎に会って話をしたのではありませんか。私も千鶴殿と同じ、敬二郎のことは自分のことのように思うからです」

千鶴は苦笑した。千五郎の言う通りだ。千鶴も黙って見ていられなくて助け船になれればと腐心《ふしん》しているのだ。

それにしてもこの男、ああいえばこう言う、弁達者な男だなと、千五郎の顔を改めて見ると、

「奴は、敬二郎は、先立って兄を殺されて、これから敵《かたき》を討たなければならなく

なったのです」

千五郎は険しい顔で言った。

「兄上様が殺されて、敵を……」

千鶴は驚いて聞き返した。

「はい、敬二郎は三人兄弟でした。父親がみまかったのち、家督《かとく》は兄の定一郎《じょういちろう》殿が継いでいる。定一郎殿は国元の普請方《ふしんかた》で、正義感が強く普請方の中核の座におられた方です。敬二郎と弟の利三郎《りさぶろう》殿は部屋住みの身分ですが、自身で道が開けるようにと、兄の定一郎殿は敬二郎をこの江戸に遊学させてくれたのです。弟の利三郎殿は国元では一刀流道場の指南役となっておりますので、これから兄弟三人が道は違えど生きて行く道筋はつくと思っていたと存じます。ところが、二十日《はつか》ほど前、敬二郎は兄が勘定方《かんじょうかた》の者に殺されたという弟からの文を受け取ったのです。待ち伏せをくらったようです。何故殺されたのか、その子細《しさい》については藩庁も調べているようですが、殺されたのは間違いない。待ち伏せしていた男がどうなっているのか、まだそれも分かってはおりませぬ。したが、奴の立場は一変したのです。永倉家をしょって立つのは敬二郎になったのです。敬二郎は、ただいま殿に、仇討《あだう》ちのご許可願いを出して、ご裁可《さいか》を待っているところ、仇を討たなければ、身動き出来なくなったのでござる」

淡々と千五郎は敬二郎の現状を説明した。

千鶴は驚きのあまり言葉を失っていた。

「千鶴殿が下屋敷を訪ねてこられた前日には、松屋の主殿がやってきたそうだが、敬二郎は屋敷にはいなかった。私がその旨伝えたから間違いない。奴は今、手がかりを集めるのに躍起《やっき》だ。逃げている訳ではござらん」

分かっていただけたでしょうかと、千五郎は千鶴の顔を改まって見た。

「子細分かりました」

と千鶴が告げると、

「かたじけない、では……」

千五郎は一礼して立ち去った。

千鶴は千五郎を送ると庭に下りたが、その瞬間、冷たい風が頬を撫でた。

「!……」

――庭に下りなければ分からなかった、色なき風……。

この世も、その場に立って初めて知ることがあるのだと千鶴は思った。

六

「まずは、脈を……」

千鶴は、おふきの部屋に入ると、生気の無い顔で横になっているおふきの手を取った。

脈を読みながら、ちらと畳床に小鼓があるのに気づいた。

小鼓は、紫の袱紗の上に立ててある。大切にしている事は一目瞭然《いちもくりょうぜん》、観世羊太郎のもとに通っている印だが、その小鼓に特別の思いをおふきが重ねているのは間違いなかった。

茶問屋松屋の店は、普段から他の問屋のような喧騒《けんそう》はなく、いたって静かだ。それは商品のお茶そのものが高価なもので、茶道との繋がりもあったりして、自然とそのような雰囲気になるのかもしれないが、いつも落ち着いた雰囲気の中にある。

特にこの座敷は、店とは遠く、静寂に包まれている。

おふきの具合がまた悪くなったと知らせを受け、千鶴はお道を伴ってやって来たのだが、おふきの憔悴は酷《ひど》かった。

「脈の乱れがあります。食事を摂っていないのではありませんか」

千鶴は、呆然《ぼうぜん》と天井を見詰めるおふきに訊いた。

「食べたくないのです」

おふきは小さな声で答えた。

千鶴は舌を診て、腹にさわった。懐妊して三月近くになる筈だ。腹は少し張っていて、腹の子が成長してきているのを確認した。

「おふきさん、お父さんの気持ち、聞きましたか。おふきさんの思いを尊重してやりたいと言ったお父さんの気持ち……」

千鶴は、おふきの着物の前を合わせてやりながら訊く。

おふきは頷いた。

「ならどうして……食事をきちんと摂らなければ、元気な赤ちゃんは生まれてきませんよ」

千鶴は微笑して、おふきの顔を覗く。

「千鶴先生……」

おふきは、ほろほろと涙を零《こぼ》し始めた。

「おふきさん……」

千鶴は、手巾でおふきの目を押さえてやる。

おふきは、すみませんと言って起き上がった。そして、

「この間、お茶室で先生にお会いしましたね、私、あの後、これまでおつきあいしていた人と別れてきたんです」

千鶴は頷いた。

今日の往診は、敬二郎についての話を、庄右衛門とおふきの二人にするつもりでやって来たのだ。

おふきの診察が終われば、庄右衛門をここに呼んで、二人に敬二郎の現状を話さなければならないと思っている。

「おふきさんの思い人は、桑島藩の永倉敬二郎さんですね」

千鶴は言った。

「先生……」

知っているのかと、おふきは驚いた様子だったが、そうですと頷いた。

「私、あの方とのおつきあいは、観世先生のところで、丁寧に教えて下さったのがきっかけでした。あの方にお会いすると、これまでにない心の高ぶりを覚えま

した。どちらともなく深くつきあうようになりました。でも私、最初からこの人とは最後には別れることになるだろうと覚悟していました。だってあちらはお武家、こちらは商家、身分が違います。それに私は跡取り娘ですから、お嫁に行くことは出来ません。その覚悟は、お腹に赤ちゃんが出来ても、誰にも父親のことは明かせない、黙っていようと口を封じました。でも、いざ別れを持ち出されると、私、私、辛くて哀しくて……」

千鶴はじっと聞いている。まずは胸にあるものを吐き出させる、それが一番だと思ったからだ。

「おとっつぁんにも、先生にも、私はこの子を産む、誰が何と言おうと産んで育てるなんて強気なことを言いましたけど、今、私の心は揺れているんです。迷っています」

「……」

「おとっつぁんが、悩んで悩んで自分の思いを抑えてまで、この子の父親が養子に入ってくれるなら迎えようと言ってくれたのに……そのことを考えると、別れを告げられた私は、このまま突っ走って良いのかと考えるようになりました……やはり、堕《お》ろすしかないかなと……」

「おふきさん」

千鶴は首を横に振った。

「そんな極端なことを……お父さんとよく相談して」

「先生、私ね、私、一緒になれなくても、あの人の情愛があるのなら、それで十分だと思っていました。けれど、あの人の心の中には、もう私の姿などないんです」

こんなにも男女の情愛はもろく崩れてしまうものなのかと、おふきはまた、涙を流しながら胸の内を告白した。

そこに、娘を案じた庄右衛門が入って来た。

「診察は終わりました。きちんと食事を摂っておらず、憔悴しているようですが……でもご心配するような病ではありません」

千鶴の所見に、庄右衛門はほっとした顔をして、

「おふきと私にお話があるのだとか、うかがいます」

神妙な顔で、おふきの横に座った。

千鶴は二人を前にして、これまで知り得た話を始めた。

「一昨日、私は永倉様に会ってきました。その時の話と、昨日は永倉様の友人だ

という松田千五郎様とおっしゃる方が治療院に参りまして、永倉様の事情を打ち明けて下さいましたので、そのこともお二人にお伝えしたいと思います」

「お手数をおかけして……」

庄右衛門は頭を下げた。顔が強ばっている。

一方のおふきも、予期せぬことがあったのだと、ただただ驚いているようだ。

千鶴は順を追って、自分が知り得たこと全てを話した。

庄右衛門もおふきも、しばらく言葉を発せなかった。

「私も友人の方の話を聞くまで、誤解していたところがありました。でも一大事の中にいる敬二郎様の立場を考えますと、おふきさんに別れを告げたのは、おふきさんに対する気持ちが薄れたという訳ではないと思います。ただ、お腹の赤ちゃんのことについては、動揺していたようでした。今の立場で、産んでくれとは言えないのだと思います」

千鶴が話し終わると、

「子細分かりました。この通りでございます」

庄右衛門は手をついて礼を述べ、

「これからどうすればよいのか、おふきと相談してみます」

そう千鶴に告げて、おふきを見た。

おふきは、俯いたままだったが、はっきりと頷いた。


その頃、永倉敬二郎は上屋敷に呼ばれて、江戸家老の筒井内蔵助《つついくらのすけ》に、国元の弟から早馬で文が届けられたことを報告していた。

「ふむ、この文には、定一郎殿を斬った黒田孫兵衛《くろだまごべえ》は、見張りの目を盗んで国を出奔《しゅっぽん》した、おそらく江戸に向かったと思われる。私も国家老の許可をいただいて、黒田のあとを追い、そちらに向かう所存……」

文を読み終えた江戸家老の内蔵助は、敬二郎の弟利三郎の文を下に置くと、年老いていっそう目が窪《くぼ》んだ奥目で敬二郎の顔を見た。

「御家老、この江戸には孫兵衛の弟が、どちらのお旗本かは存じませんが、仕官していると聞いています。その旗本のところに身を隠してしまったら、もう敵は討てません。殿のご裁可はまだでございますか」

敬二郎は、せっつくように言った。

「まあ待て、国の方では調べが終わって、黒田孫兵衛に非があると結論が出ておる。普請方のそなたの兄は、このたびの大川堤普請《おおかわつつみふしん》の費用を五百両と見積もって勘定方に請求した。ところが、勘定方の人間である黒田は、それに五十両上乗せして上司に報告したのだ。五百五十両の金が下りると五十両を抜いて自分の懐に入れ、そなたの兄には五百両を渡したのだ。つまり五十両をねこばばしたのだ。ところがそなたの兄はそれに気づいて問い詰めた。そこで黒田は一刻も早く、そなたの兄を消さなければ自分が罪に問われると思い、そなたの兄が下城するのを待ち受けて殺したようだ。そこまで分かっていたから、黒田の屋敷には見張りをつけておったのじゃ。いずれ斬首の身であったのだろうが、そなたたち兄弟から仇討ちの願いが出されていたから見張りをつけて生かしておいた。ところが黒田は、その見張りの目を盗んで逃走したとある。藩庁としても許せぬことだ。まして弟が仕官している旗本屋敷に逃げ込まれては、これはそなたたちだけの問題ではなくなる。大騒動になる。即刻手を打つ。そして奴が現れたその時には、捕まえて藩邸に連れ戻すゆえ……」

内蔵助は強い口調で言った。

「御家老、黒田の弟が仕官している旗本はご存じですか？」

「分かっている。わが藩は、藩士の縁に繋がる者が、どこに仕官しているか記録しておる。いざという時には、手を貸してもらうこともあろうかという考えだ」

「どちらでしょうか？」

敬二郎は聞かずにはおれない。

「下谷《したや》に、旗本五百石の近藤左馬助《こんどうさまのすけ》という旗本がいる。そこの若党になっている筈だ。このことは、黒田の仕業と分かった時に、すぐに探索方が調べ上げておるのじゃ」

敬二郎は頷いた。

不安はあるが、藩庁がきちんと調べ上げてくれている事は、心丈夫であった。

「しかしのう……」

内蔵助は、敬二郎を見て、しみじみと問いかける。

「そなたたち兄弟の気持ちも分からない訳ではないが、わが藩は、このような事件が起きた時、かならずしも仇討ちをしなければ、お家断絶にするという話はとうの昔に無くなっておる。そのことは知っておるな」

「はい」

きっと家老の目を見る敬二郎に、

「それでもそなたは敵を討つと……」

じっと内蔵助は敬二郎を見た。

「兄は、父が亡くなってから、私と弟が身の立つようにと心を砕いてくれました。父や母も亡くした私と弟にとって、兄は父も同然。受けた恩を考えますと、一矢報いずにはいられません。兄夫婦には子供がおらず、われら兄弟が敵をとらねば、兄の無念は晴らせませせぬ」

「ふむ……」

内蔵助は顎《あご》を撫でて聞いていたが、ふっと昔の話を始めた。

「まだわしが若い頃の話じゃが、九鬼《くき》という男と佐島《さじま》という男が、酒を飲んでいて喧嘩になった……」

その二人は、内蔵助も見知っている者たちだった。

場所は国の城下にある繁華な町の、居酒屋に毛の生えたような小料理屋だった。

その時、内蔵助も偶然、その店で友達と飲んでいたのだ。

九鬼と佐島は、激しい口論の末、刀を抜いた。店は騒然となった。

表へ出ろということになって、二人は表に走り出た。

悲鳴は上がるし、町人たちは震えている。

内蔵助は二人を止めに入ったが、言うことを聞かなかった。

斬り合いが始まって、九鬼は佐島を斬り殺した。

そこまで話した内蔵助は、暗い目を敬二郎に向けて言った。

「その後どうなったか、分かるか……」

敬二郎は、内蔵助を見詰めて唾を飲み込む。

内蔵助は呼吸ふたつほどの間をおいて敬二郎に問いかける視線を送った後、話を続けた。

「九鬼は追われる身となった。佐島の倅が九鬼を追って旅を続けたが、とうとう九鬼に出会うこともなく、旅先で亡くなってしまったのだ。敵を追う旅は十年余、その間に母も亡くなり、家には待つ人もいなくなっていた。父親が殺されなければまとまっていた縁談もあったのに、敵を追うと決めたことで、妻になる人とは破談となっていたのじゃ」

「……」

「一方の九鬼は、国を出奔してから五年目に、こちらも病で亡くなっていたのじゃ。つまり佐島の倅は、最後の五年間、まぼろしの敵を追っていたことになる。両人とも、失ったものは大きい」

「もしかしてそのことが、仇討ち廃止に繋がったのでしょうか」

敬二郎は尋ねた。

「さよう、藩法を犯した者は断罪に処す。一方の人間には胸に怒りをおさめてもらって藩のために働いてもらう。無駄な命を落とすことがないようにという処置だ。そういう生き方も選べるということじゃ」

「心に留め置きます」

敬二郎は言った。

するとその時だった。急ぎ部屋に入って来た者がいる。

若い侍だったが、手に書状を持参していた。

「御家老様、仇討ちの件、殿よりご許可が下りました」

敬二郎は、はっと顔を上げた。

内蔵助はそれを受け取ると、敬二郎に差し出した。

「ありがとうございます」

敬二郎は礼を述べて、その書状を受け取った。

七

松屋の親子に、敬二郎へ降りかかった重大な事件を話してから、五日ほど過ぎた。

その後どのような決着に向かうのか、まだ連絡は無かったが、何かあれば千鶴にも知らせが来るだろうと思っている。

圭之助も来ていて、診察室は賑やかだったが、浦島と猫八が現れたことで、いっそう騒がしくなった。

「あれ、今日は先生がお二人……私はやっぱり千鶴先生にお願いしたい」

浦島は我《わ》が儘《まま》を言って、千鶴の前に座った。

圭之助は苦笑している。

「どうしました?」

千鶴は、疲れた顔の浦島に訊いた。

「もうへとへとです。ばかばかしい話です」

かくんと首を落とす。すばやく付き添いの猫八が説明した。

「先生、この間、臨時廻りの仕事を頼まれたって話をしましたが、とんでもねえ結果になってしまったんでさ」

猫八は怒っている。

「あら、また手柄にはならなかったのですね」

聞きつけたお道が、薬包紙に薬を配分しながら訊いた。

「そうなんです、お道っちゃんは察しがいいね。あの話、さる藩の侍を殺した下手人を探索するって話ね、侍には手はつけられないが、下手人は町人らしいから、こっちは町方が探索して縄を掛けるんだって話……あっしと旦那は、昼飯も抜いて走り回っていたんですよ。そしたら、臨時廻りから、もう探索はしなくていいんだと、斬った方も侍だったらしく、町奉行所の手に負えないってことになったんでさ。さんざん走り回って苦労していたのに、もうがっくりで、旦那は食欲が無くなったんです。で、先生に診ていただこうと思いやしてね」

猫八の懸命の説明に、

「ふうん……」

千鶴は、苦笑して、まじまじと浦島の顔を見た。

「浦島様、そんなことぐらいで、いちいち食欲を無くしていたら、本当に病気になってしまいますよ。はい、診察は不要です」

千鶴は、次の患者を呼んだ。

「ちょっと待って下さいよ、先生、私、ちょっとお腹が痛くて……」

すると、圭之助がぐいと浦島を引っ張って、

「私が診てしんぜよう」

もったいぶって言った。

「いえ、圭之助先生、もう治りました。先生の顔見ただけで、私の病は治るのです」

浦島は苦笑して断ると、

「おい、猫八、行くぞ」

診察室を出て行った。

「まったく、お茶の一杯、饅頭《まんじゅう》のひとつもいただいてからにすればいいのに……」

猫八は、ぶつぶつ言って、浦島を追って出て行った。

「面白い人だ。うちのおふくろと似たところがありますね。ですが、案外ああいう人が目覚めると、すごい手柄を立てるってこともありますからね」

圭之助は笑って言った。

「確かに……定中役って分が悪いお役ではあるわね。浦島様は不運が続いて、最愛のお内儀にも見放されて、むこうから離縁を要求されて今は独り身だもの」

珍しくお道が同情したようだ。

「先生……」

そこにお竹が入って来て、千鶴に耳打ちした。

「永倉様が……」

聞き返した千鶴に、

「はい、玄関でお待ちです。上がるようにお勧めしたのですが、こちらでよいと
おっしゃって……」

千鶴は立ち上がって玄関に向かった。

「これは、ご多忙のところを……」

敬二郎は小さく頭を下げて、

「本日はお頼みしたいことがあって参りました」

と言う。

「なんでしょうか」

千鶴は正座して、敬二郎の顔を見上げた。

「千五郎がこちらに参ったそうですね」

千鶴は頷く。

「私の事情は聞いていただいたと千五郎から知らされました。まったくもってご

心労をお掛けしていますが、今一度、見届け人のお役をお願いできぬものかと存じまして……」

「見届け人？」

「はい、実は仇討ちの免状《めんじょう》が出まして、国から弟も出て参りました」

千鶴は頷く。

「加えて、国を出奔していた敵も、この江戸で身を隠している場所も藩の者たちによって判明しております。あとは果たし合いをするばかり。どちらかは命を失います。私が命をとられることも考えておかねばなりません。そこで、この期に及んでということになりますが、松屋の親父殿、おふき殿に、私の口から説明し、詫びておかなければと考えました。千鶴殿には、その見届け人をお願いしたいのです。松屋がもっとも信頼しているあなたにお願いするのが最善かと存じまして、お願いに参った次第……」

敬二郎の目は、もう斬り合いを前にしたように、強い光を放っている。

「承知しました」

千鶴は言った。

この日の午後、千鶴は往診を主之助に頼み、敬二郎と連れ立って松屋の暖簾《のれん》をくぐった。

千鶴の姿に気づいて出て来た番頭に、大事な話があってやって来た、庄右衛門さんとおふきさんのお二人に会いたいと申し出ると、すぐに座敷に案内してくれた。

まず座敷に入って来たおふきは、敬二郎の姿を見て驚いた様子だったが、その顔はすぐに哀しげな表情に変わった。

「おふきさん、大事な話があるようです。お座り下さい」

千鶴が促すと、おふきは座ったが、俯いたまま敬二郎の顔を見ようともしなかった。

ひりひりするような怒りを含んだ緊張感が、瞬く間に座敷に広がった。

「お待たせいたしました」

遅れて入って来た庄右衛門は、敬二郎の姿を見て、この男が娘の相手だったのかと強い視線を一瞬送ったが、そこは大店の主、すぐに平静を装って座った。

「拙者は、桑島藩の永倉敬二郎と申します」

敬二郎はまず、手をついて庄右衛門に挨拶をした。

庄右衛門は頷くと、先手を打って口火を切った。

「おおよその事情は桂先生から伺っておりますが、あなた様の不誠実に、私たち親子はこの一月《ひとつき》、これまで経験したこともない苦しみを味わいました。あなた様は、おふきと深い関係にありながら、おふきの腹に子が出来ることは考えなかったのですか。考えずに過ごしていて、ご自分の都合で、別れ話を持ち出したのでございますな。今頃なんのために参られたのか……」

半分皮肉を込めた庄右衛門の言葉は、敬二郎の心をえぐったに違いなかった。

「弁解の余地もございません。ですが、別れを告げたのには深い訳がございまして……」

敬二郎は、もう額に汗を滲《にじ》ませている。

「ほう、ようやくご自分の口から聞かせていただけるのでございますな」

きっと見た庄右衛門の目の厳しさに、千鶴は驚いていた。

顔を赤く染め、敬二郎を睨んだ庄右衛門の顔は、仁王《におう》のように見える。これまで千鶴が見たこともない顔だった。

懐の深い、温厚で優しげな庄右衛門が、今は鬼となっている。父親の娘を思う愛情の深さに、見ている千鶴も圧倒されている。

敬二郎も姿勢を正し、庄右衛門をまっすぐに見て、腹の子のことは知らなかったと話し、別れを告げたのは、自分の身辺が様変わりしてしまったのだと告げた。兄が殺され、仇討ちを目の前にしていることを語った。

そして、深々と頭を下げて手をついて言った。

「この通りです。無事敵を討ったあかつきにはもう一度参ります所存。その折には、切り刻まれるのも覚悟の上で参ります。いかようにもご処断を……」

庄右衛門もおふきも黙って聞いていたが、まもなく庄右衛門が口を開いた。

「子細分かりました。ご武運をお祈りしています。いずれにしても、あなた様が、この松屋に婿入りするのは難しかろうと思います。腹の子のことは、こちらが克服し、乗り越えるしかありますまい。大事を前に、詫びを入れて下さり、また身辺の危急を告白して下さったこと、感謝いたします」

肝の据わった言葉だった。

敬二郎は、ふかぶかともう一度頭を下げると、立ち上がった。

部屋を出て行こうとする敬二郎に、

「敬二郎様……」

おふきは声を掛けた。

二人は、じっと見つめ合った。熱い視線が交錯するのを千鶴は感じた。

だが、次の瞬間、敬二郎は何かを吹っ切るように出て行った。

おふきは、わっと泣き崩れた。

八

一帯に霧が立ちこめている。

ここは隅田川沿いにある諏訪町《すわちょう》の河岸地である。そこに朽《く》ちかけた小屋が息を潜めるように建っている。

永倉敬二郎の兄、定一郎を惨殺《ざんさつ》した黒田孫兵衛が、弟が仕官している旗本の屋敷に逃げ込むのを待ち、この小屋に潜んでいると分かったのは昨日のこと、江戸家老内蔵助の配下の者が知らせてくれた。

敬二郎はその知らせを受け取るやいなや、国元からやって来ていた弟の利三郎とともに、この日夜明けを待ってこの場所に立った。

二人は気づいていないが、少し遅れて、藩邸の徒目付《かちめつけ》二名が検視役として待機している。

そして、更に離れた場所には、敬二郎の友人千五郎と千鶴が見守っていた。

敬二郎と利三郎は白い鉢巻《はちま》きに白い襷、股立《ももだ》ちを取っている。

少し霧が動き出した。太陽が上がって、光が差し込んできた。

二人は顔を見合わせて頷くと、つかつかと小屋の入り口に歩み寄った。

「黒田孫兵衛、われらは永倉定一郎の弟、敬二郎と利三郎だ。出て来い、そこにいる事は分かっているのだ。尋常《じんじょう》に勝負しろ！」

敬二郎が声を上げた。

だが、しんとして返事が無い。すると今度は利三郎が声を上げた。

「兄はお前の不正を質《ただ》そうとしたのだ。それを待ち伏せて滅多《めった》斬《ぎ》りにした。卑《ひ》怯者《きょうもの》め、出て来ぬというのなら、こちらから踏み込むぞ。貴様も武士なら、最後は、武士らしく闘え！」

利三郎の声は野太く、一際《ひときわ》大きかった。体格も兄の敬二郎よりもひとまわり大きく見える。剣で鍛《きた》えた筋肉質の腕が朝日に光っている。

しばらくの沈黙があった。川のせせらぎだけが耳に届く。

「何をしている」

利三郎がしびれを切らして、一歩、足を進めたその時、きしむ音を立てて板戸が開いた。

のっそりと出て来たのは、無精髭《ぶしょうひげ》を生やし、髪も振り乱し、薄汚れた着物に、よれよれになった袴をつけた黒田孫兵衛だった。

孫兵衛は齢《よわい》四十と聞いているが、もはや五十を過ぎているように見えた。

逃亡の旅で疲弊《ひへい》したのだろう、すさんだ空気を纏《まと》っていた。

「返り討ちにしてくれるわ」

孫兵衛は、下緒《さげお》ですばやく襷をすると、刀を抜いて鞘を放り投げた。

孫兵衛が刀を抜くのと同時に、永倉兄弟も刀を抜いた。

利三郎が孫兵衛の横手に滑るように動いていく。

孫兵衛は、敬二郎を睨み、利三郎に視線を走らせ、そこを動く気配はない。

「兄の敵！」

まず利三郎が飛びかかって行った。

上段からの一撃を、孫兵衛は躱《かわ》した。

――手強《てごわ》い……。

と敬二郎は思った。

弟の利三郎は剣に長《た》けているが、敬二郎は剣術には熱心ではなかった。とはいえ、師の口癖は覚えている。

──肉を切らせて骨を断つ──

自身の犠牲も覚悟してこそ、相手を倒すことができるのだと教えてくれた。

「ええい！」

踏み込んで斬りつけたが、打ち返されてよろけた。その腕に、孫兵衛の剣が伸びて来た。

「うっ」

敬二郎は、二の腕を斬られた。

「兄上……」

利三郎は、敬二郎の方に走ると、

「ここは私が……」

敬二郎を背にして立つと、正眼《せいがん》に構えた。

「ふん、次はお前だな……」

孫兵衛が上段に構えた。

利三郎は、すっと下段に刀を流した。その姿勢に隙があると見たか、孫兵衛が飛びかかって来た。

「誘いに乗ったな」

利三郎は、その剣を打ち返すと、返す刀で、孫兵衛の胸を突いた。

「うっ……」

孫兵衛は、目を大きく開けて利三郎を睨むが、次の瞬間、どさりと音を立てて地に落ちた。

「ふう……」

利三郎は、しばし孫兵衛を見詰め、刀をおさめた。

「利三郎……」

敬二郎は、利三郎と手を取り合って頷いた。

「おみごと、確かに拝見つかまつった」

検視役の徒目付が走り寄り、孫兵衛の死を確かめて言った。

千鶴も千五郎と歩み寄った。

「ご無事でなにより」

千鶴は袂に入れていた晒しの布を取り出すと、敬二郎の腕を固くしばってやった。

「いたたた、お道っちゃん、もう少し優しくしてくれよ」

取り上げ婆のおとみは、また腰を痛めてやって来ている。

お道がおとみを俯せにして、痛む場所を確かめているのだが、おとみは大げさに痛がるのだ。

「おとみさん、お仕事で腰が痛くなるのは分かりますが、毎日少しずつ歩いていますか……歩けば腰の痛みもやわらぎますよ」

「分かっているけど、忙しくってね。倅の嫁がやってきたりして、手をとられて……痛い、お道先生、もういいから、湿布《しっぷ》して下さいな」

おとみは言った。

「やめて下さい、人をからかうのは……」

お道は頰を膨らませる。

「だってね、圭之助先生がおっしゃっていましたよ。お道さんはよく何でも心得ているってね」

「またまた……わかりました、湿布をしましょうね」

根負けしたお道は、台所で温めている湿布を取りに行く。

毎度、診察室をどこかの水茶屋《みずぢゃや》のように賑やかにしてくれるおとみである。

おとみが治療を終えて帰って行くと、俄《にわか》に診察室は静かになった。

最後の患者を診察して帰したのは、午《うま》の刻、昼の食事を終えたところに大坂から文が届いた。

「あら、求馬様ですよ」

お竹はそう言って千鶴に手渡す。

千鶴はその手紙を胸に、誰もいない診察室に向かった。

心を落ち着けて座ると文を開いて、懐かしい求馬の文字を息を詰めて追う。

求馬は、大坂での暮らしを綴り、まだ半年は帰れぬと記してあった。たんたんと日常を知らせてくれていて、最後に母の様子を時々見てやってほしいと書いてあった。

男が女を慕うような言葉は、ただのひとつも無かったが、母の様子を見てほしい、そなたが頼りだと記してあるその言葉に、千鶴への思いが凝縮《ぎようしゆく》されているように思えた。

――求馬様……。

千鶴は、手紙を畳んで、庭に目を遣った。

桜の木の葉は、あらかた落葉して、枝が露わになっている。

千鶴は思った。

自分もこうして求馬を慕って暮らしている。そうであれば、子までなしたおふきの気持ちは、いかばかりであろうかと思うのだ。

黒田孫兵衛を討ち果たした数日後、敬二郎と利三郎の兄弟は国に向かった。

兄の墓前に報告し、家督を兄から譲り受けなければならない。

順当から言えば敬二郎だが、しかし敬二郎は国に旅立つ時に、また江戸に戻ってきたいと千鶴に気持ちを明かしていたのだった。

やはり、おふきのことが気になっているに違いない。

そのおふきは、あのあと、子を産むと決めた。敬二郎とのことは吹っ切ったように、そうと決めた時から、おふきの顔つきは変わった。

父の庄右衛門について、商いのいろはから教わっているようだし、前を向いて歩き出したようだ。

つい先日の往診の折も、ようやくたどりついた決意を、千鶴に語ってくれたのだった。ただ、

「時々寂しくなります。でもそんな時には、小鼓を打つんです」

ふっと見せた寂しげな顔を思い出す。

――おふきさん、きっと敬二郎さんは戻ってきますよ……。

千鶴は庭の景色のその先に、敬二郎の姿をとらえていた。

旅姿の敬二郎が、色なき風をつっきって、この江戸に向かっている姿を……。

この作品は双葉文庫のために書き下ろされました。

双葉文庫

ふ-14-13

藍染袴お匙帖《あいぞめばかまさじちょう》

色《いろ》なき風《かぜ》

2021年4月18日　第1刷発行

【著者】

藤原緋沙子《ふじわらひさこ》

【発行者】

箕浦克史

【発行所】

株式会社双葉社
〒162-8540 東京都新宿区東五軒町3番28号

［電話］03-5261-4818(営業)　03-5261-4833(編集)

www.futabasha.co.jp(双葉社の書籍・コミックが買えます)
【印刷所】

中央精版印刷株式会社

【製本所】

中央精版印刷株式会社

【フォーマット・デザイン】

日下潤一

ISBN978-4-575-67047-9 C0193

Printed in Japan

藤原緋沙子　著作リスト

	作品名	シリーズ名	発行年月	出版社	備考
1	雁の宿	隅田川御用帳	平成十四年十一月	廣済堂出版	
2	花の闇	隅田川御用帳	平成十五年　二月	廣済堂出版	
3	螢籠	隅田川御用帳	平成十五年　四月	廣済堂出版	
4	宵しぐれ	隅田川御用帳	平成十五年　六月	廣済堂出版	
5	おぼろ舟	隅田川御用帳	平成十五年　八月	廣済堂出版	
6	冬桜	隅田川御用帳	平成十五年十一月	廣済堂出版	

7	春雷	隅田川御用帳	平成十六年　一月	廣済堂出版	
8	花鳥		平成十六年　四月	廣済堂出版	四六判上製
9	恋椿	橋廻り同心・平七郎控	平成十六年　六月	祥伝社	
10	夏の霧	隅田川御用帳	平成十六年　七月	廣済堂出版	
11	火の華	橋廻り同心・平七郎控	平成十六年　十月	祥伝社	
12	紅椿	隅田川御用帳	平成十六年十二月	廣済堂出版	
13	雪舞い	橋廻り同心・平七郎控	平成十六年十二月	祥伝社	
14	風光る	藍染袴お匙帖	平成十七年　二月	双葉社	

15	夕《ゆ》立《だ》ち	橋廻り同心・平七郎控	平成十七年 四月	祥伝社	
16	風蘭	隅田川御用帳	平成十七年 六月	廣済堂出版	
17	遠花火	見届け人秋月伊織事件帖	平成十七年 七月	講談社	
18	雁渡し	藍染袴お匙帖	平成十七年 八月	双葉社	
19	花鳥		平成十七年 九月	学研	文庫化
20	照り柿	浄瑠璃長屋春秋記	平成十七年 十月	徳間書店	
21	冬萌え	橋廻り同心・平七郎控	平成十七年 十月	祥伝社	
22	雪見船	隅田川御用帳	平成十七年十二月	廣済堂出版	

23	春《はる》疾《はや》風《て》	見届け人秋月伊織事件帖	平成十八年　三月	講談社
24	父子雲	藍染袴お匙帖	平成十八年　四月	双葉社
25	夢の浮き橋	橋廻り同心・平七郎控	平成十八年　四月	祥伝社
26	潮騒	浄瑠璃長屋春秋記	平成十八年　七月	徳間書店
27	白い霧	渡り用人片桐弦一郎控	平成十八年　八月	光文社
28	鹿《は》鳴《ぎ》の声	隅田川御用帳	平成十八年　九月	廣済堂出版
29	紅い雪	藍染袴お匙帖	平成十八年十一月	双葉社
30	暖《ぬくめ》鳥《どり》	見届け人秋月伊織事件帖	平成十八年十二月	講談社

31	桜雨	渡り用人片桐弦一郎控	平成十九年　二月	光文社	
32	蚊遣り火	橋廻り同心・平七郎控	平成十九年　九月	祥伝社	
33	さくら道	隅田川御用帳	平成二十年　三月	廣済堂出版	
34	紅梅	浄瑠璃長屋春秋記	平成二十年　四月	徳間書店	
35	漁り火	藍染袴お匙帖	平成二十年　七月	双葉社	
36	霧の路《みち》	見届け人秋月伊織事件帖	平成二十一年二月	講談社	
37	梅灯り	橋廻り同心・平七郎控	平成二十一年四月	祥伝社	
38	麦湯の女	橋廻り同心・平七郎控	平成二十一年七月	祥伝社	

39	密命	渡り用人片桐弦一郎控	平成二十二年一月	光文社	
40	日の名残り	隅田川御用帳	平成二十二年二月	廣済堂出版	
41	恋指南	藍染袴お匙帖	平成二十二年六月	双葉社	
42	桜紅葉	藍染袴お匙帖	平成二十二年八月	双葉社	
43	雪燈	浄瑠璃長屋春秋記	平成二十二年十一月	徳間書店	
44	坂ものがたり		平成二十二年十一月	新潮社	四六判上製
45	月の雫	藍染袴お匙帖	平成二十二年十二月	双葉社	
46	ふたり静	切り絵図屋清七	平成二十三年六月	文藝春秋	

47	鳴《なる》子《こ》守《もり》	見届け人秋月伊織事件帖	平成二十三年九月	講談社
48	紅染の雨	切り絵図屋清七	平成二十三年十月	文藝春秋
49	残り鷺《さぎ》	橋廻り同心・平七郎控	平成二十四年二月	祥伝社
50	鳴き砂	隅田川御用帳	平成二十四年四月	廣済堂出版
51	すみだ川	渡り用人片桐弦一郎控	平成二十四年六月	光文社
52	貝紅	藍染袴お匙帖	平成二十四年九月	双葉社
53	月凍てる	人情江戸彩時記	平成二十四年十月	新潮社
54	飛び梅	切り絵図屋清七	平成二十五年二月	文藝春秋

55	百年桜		平成二十五年三月	新潮社	四六判上製
56	夏ほたる	見届け人秋月伊織事件帖	平成二十五年七月	講談社	
57	夏しぐれ		平成二十五年七月	角川書店	時代小説アンソロジー
58	風草の道	橋廻り同心・平七郎控	平成二十五年九月	祥伝社	
59	花野	隅田川御用帳	平成二十五年十二月	廣済堂出版	
60	つばめ飛ぶ	渡り用人片桐弦一郎控	平成二十六年七月	光文社	
61	照り柿	浄瑠璃長屋春秋記	平成二十六年九月	徳間書店	新装版
62	潮騒	浄瑠璃長屋春秋記	平成二十六年十月	徳間書店	新装版

63	秋びより		平成二十六年十月	KADOKAWA	時代小説アンソロジー
64	紅梅	浄瑠璃長屋春秋記	平成二十六年十一月	徳間書店	新装版
65	雪《ゆき》婆《ばんば》	藍染袴お匙帖	平成二十六年十一月	双葉社	
66	雪燈	浄瑠璃長屋春秋記	平成二十六年十二月	徳間書店	新装版
67	栗めし	切り絵図屋清七	平成二十七年二月	文藝春秋	
68	百年桜	人情江戸彩時記	平成二十七年十月	新潮社	
69	番神の梅		平成二十七年十月	徳間書店	四六判上製
70	花鳥		平成二十七年十一月	文藝春秋	文藝春秋版

71	笛吹川	見届け人秋月伊織事件帖	平成二十八年三月	講談社	
72	春はやて		平成二十八年三月	KADOKAWA	時代小説アンソロジー
73	哀歌の雨		平成二十八年四月	祥伝社	時代小説アンソロジー
74	雪の果て	人情江戸彩時記	平成二十八年五月	新潮社	
75	雁の宿	隅田川御用帳一	平成二十八年六月	光文社	光文社版
76	花の闇	隅田川御用帳二	平成二十八年六月	光文社	光文社版
77	螢籠	隅田川御用帳三	平成二十八年七月	光文社	光文社版
78	宵しぐれ	隅田川御用帳四	平成二十八年八月	光文社	光文社版

79	おぼろ舟	隅田川御用帳五	平成二十八年九月	光文社	光文社版
80	冬桜	隅田川御用帳六	平成二十八年十月	光文社	光文社版
81	春雷	隅田川御用帳七	平成二十八年十一月	光文社	光文社版
82	夏の霧	隅田川御用帳八	平成二十八年十二月	光文社	光文社版
83	冬の野	橋廻り同心・平七郎控	平成二十八年十二月	祥伝社	
84	紅椿	隅田川御用帳九	平成二十九年一月	光文社	光文社版
85	風蘭	隅田川御用帳十	平成二十九年二月	光文社	光文社版
86	あま酒	藍染袴お匙帖	平成二十九年二月	双葉社	

87	雪見船	隅田川御用帳十一	平成二十九年三月	光文社	光文社版
88	鹿《は》鳴《ぎ》の声	隅田川御用帳十二	平成二十九年四月	光文社	光文社版
89	さくら道	隅田川御用帳十三	平成二十九年五月	光文社	光文社版
90	日の名残り	隅田川御用帳十四	平成二十九年六月	光文社	光文社版
91	鳴き砂	隅田川御用帳十五	平成二十九年七月	光文社	光文社版
92	花野	隅田川御用帳十六	平成二十九年八月	光文社	光文社版
93	寒梅	隅田川御用帳十七	平成二十九年九月	光文社	光文社版
94	茶筅の旗		平成二十九年九月	新潮社	四六判上製

95	細雨	秘め事おたつ	平成二十九年十月	幻冬舎	
96	番神の梅		平成三十年三月	徳間書店	文庫化
97	雪晴れ	切り絵図屋清七	平成三十年四月	文藝春秋	
98	青嵐	見届け人秋月伊織事件帖	平成三十年五月	講談社	
99	秋の蟬	隅田川御用帳十八	平成三十年九月	光文社	光文社版
100	恋の櫛	人情江戸彩時記	平成三十年九月	新潮社	
101	初霜	橋廻り同心・平七郎控	平成三十年十月	祥伝社	
102	撫子が斬る		平成三十年十二月	KADOKAWA	時代小説アンソロジー

103	藁一本	藍染袴お匙帖	平成三十一年三月	双葉社	
104	龍の袖		令和元年七月	徳間書店	四六判上製
105	鬼の鈴	秘め事おたつ	令和元年八月	幻冬舎	
106	冬の虹	切り絵図屋清七	令和元年十二月	文藝春秋	
107	風よ哭け	橋廻り同心・平七郎控	令和二年一月	祥伝社	
108	照り柿	浄瑠璃長屋春秋記	令和二年二月	小学館	小学館版
109	潮騒	浄瑠璃長屋春秋記	令和二年四月	小学館	小学館版
110	ほたる茶屋		令和二年六月	KADOKAWA	四六判上製

111	紅梅	浄瑠璃長屋春秋記	令和二年六月	小学館	小学館版
112	雪燈	浄瑠璃長屋春秋記	令和二年八月	小学館	小学館版
113	へんろ宿		令和二年十一月	新潮社	
114	雁もどる	隅田川御用日記	令和二年十二月	光文社	
115	青葉雨	秘め事おたつ	令和三年二月	幻冬舎	
116	色なき風	藍染袴お匙帖	令和三年四月	双葉社	

藤原緋沙子　藍染袴《あいぞめばかま》お匙帖　恋指南　時代小説〈書き下ろし〉

小伝馬町に入牢する女囚お勝から、娑婆に残してきた娘の暮らしぶりを見てきてほしいと頼まれた千鶴は、深川六間堀町を訪ねるが……。

藤原緋沙子　藍染袴《あいぞめばかま》お匙帖　桜《さくら》紅葉《もみじ》　時代小説〈書き下ろし〉

「おっかさんを助けてください」。涙ながらに訴える幼い娘の家に向かった女医桂千鶴の前に、人相の悪い男たちが立ちはだかる。

藤原緋沙子　藍染袴《あいぞめばかま》お匙帖　月の雫　時代小説〈書き下ろし〉

美人局にあった五郎政の話で大騒ぎとなった桂治療院。そんな折り、数日前まで小伝馬町の牢にいた女の死体が本所竪川の土手で見つかる。

藤原緋沙子　藍染袴《あいぞめばかま》お匙帖　貝紅　時代小説〈書き下ろし〉

桂治療院に大怪我をした男が運び込まれた。清治と名乗った男は本復して後も居候を決め込む。優男で気が利く清治には別の顔があった。

藤原緋沙子　藍染袴《あいぞめばかま》お匙帖　雪婆《ゆきばんば》　時代小説〈書き下ろし〉

茶漬け屋の女将おつるが売った〝霊水〟で下痢の患者が続出する。妖艶で強かなおつるに不審を抱く千鶴。やがて思わぬ事件が起こる。

藤原緋沙子　藍染袴《あいぞめばかま》お匙帖　あま酒　時代小説〈書き下ろし〉

往診帰り、浅草寺境内で若者に痛めつけられる老爺を救った千鶴。その老爺、平蔵は手相をみる評判の掃除夫で不思議な品格を纏っていた。

藤原緋沙子　藍染袴《あいぞめばかま》お匙帖　藁《わら》一本　時代小説〈書き下ろし〉

弟を医者にすべく必死で仕送りする姉。だが弟は修業先から逃げていた。姉の病を診た千鶴は弟に手を差し伸べるが思わぬ事件へと繋がる。